# 多少情怀合收藏

陈小玲／著

漳州作家丛书

陈燕松／主编

中国华侨出版社
·北京·

**图书在版编目（CIP）数据**

漳州作家丛书 / 陈燕松主编 .—北京：中国华侨出版社，2018. 10

ISBN 978-7-5113-7767-8

Ⅰ. ①漳… Ⅱ. ①陈… Ⅲ. ①中国文学—当代文学—作品综合集 Ⅳ. ① I217.1

中国版本图书馆 CIP 数据核字（2018）第 216910 号

**漳州作家丛书：多少情怀合收藏**

---

主　　编 / 陈燕松
著　　者 / 陈小玲
责任编辑 / 高文喆　桑梦娟
责任校对 / 孙　丽
经　　销 / 新华书店
开　　本 / 670 毫米 ×960 毫米　1/16　印张 /324　字数 /4281 千字
印　　刷 / 三河市华润印刷有限公司
版　　次 / 2018 年 11 月第 1 版　2020 年 2 月第 2 次印刷
书　　号 / ISBN 978-7-5113-7767-8
定　　价 / 980.00 元（全 24 册）

---

中国华侨出版社　北京市朝阳区西坝河东里 77 号楼底商 5 号　邮编：100028
法律顾问：陈鹰律师事务所
编辑部：（010）64443056　　64443979
发行部：（010）64443051　　传真：（010）64439708
网　址：www.oveaschin.com
E-mail：oveaschin@sina.com

# 《漳州作家丛书》总序

漳州是中国历史文化名城，历史悠久，文化深厚。在文化的星空，群星璀璨，先后涌现出黄道周、林语堂、许地山、杨骚等文化名人，令我们引以为傲。

四十年改革开放，四十年风雨兼程。漳州土地，生机盎然，文学创作也迎来繁荣发展的春天。应是春风吹拂，应是文脉相承，一支包括了老、中、青三代作家的队伍正在悄然形成。2004 年，漳州市委宣传部、漳州市文联编辑出版了第一套《漳州作家丛书》，有十二人，十二本。时隔十多年，在祖国改革开放四十周年的今天，漳州市委宣传部、漳州市文联再次编辑出版第二套《漳州作家丛书》，展现活跃在省内外文坛的二十四位当代作家的创作风采。十二到二十四，这不仅是作家作品数量的增加，更是漳州文学创作水平质的飞跃。

《漳州作家丛书》的出版，旨在展现漳州作家的创作成果和创造实力。以期让更多的人，通过这套丛书，了解漳州，关注漳州，热爱漳州。同时，我们也希望，通过这套丛书的出版，能够激发漳州作家深入生活，体验人生，潜心于文学创作，用更好的作品回馈家乡，回馈人民，回馈时代。

《漳州作家丛书》编委会

2018 年 10 月 1 日

# 目/录

## 第一辑　知山乐水

## 第二辑　体味诗意

## 第三辑　人生底色

## 第四辑　慧语心灯



## 第五辑　人间拾掇

# 第一辑　知山乐水

# 那个地方不平常

记得在我很小的时候，有一部名为《山间铃响马帮来》的电影曾风靡一时。影片中美好的爱情故事，主人公与敌人斗智斗勇的故事，还有那一首绕梁三日而不绝的歌曲……多么令人难忘。可是，那些摇着铃儿、漂亮的背上驮着麻袋的马儿，到底是从哪儿来？要到哪儿去呢？

很久以后，我知道了茶马古道，也知道了茶马交易，知道了把茶带入广阔天地、生活在云南丛林之中的人们。北有丝绸之路，南有茶马古道。据介绍，茶马古道起源于人类早期交往的自然通道，特指自唐代以来，伴随茶叶尤其是普洱茶的流通，以茶易马贸易的兴起和马帮运输业的发展，逐步发展起来的陆上重要的商路网络。而普洱茶马古道则以普洱府为中心共有五条，第一条是通往北京的官马大道，它是进贡普洱茶的直通车；第二条是途经大理、丽江、香格里拉，最后直达拉萨的滇藏茶马古道，它也是人类历史上海拔最高、通行难度最大的一条古道；还有三条分别通往老挝、越南和缅甸，把普洱茶送到东南亚各国……

这个茶马古道就源于普洱。

有一种力量，在它显现之前就预先让人感觉到它的存在，这力量来自我们将要去的地方，这意味着那个地方不平常。我要去的普洱，真的不平常。

普洱是世界茶树原产地的中心地带，因普洱茶而闻名于世，它是一个边疆多民族地区，与三个国家相邻，四个县在边境，全市有 26 个民族，少数民族占了全市人口的 61%。或许爱茶的人对普洱都有天然的好感。那个地方流传着茶祖的传说，让那些寻根溯源的人们心有所属；那个地方有万亩森林与茶林共荣共长了千百年的自然生态……不知不觉中，那茶里不仅有自然的清香，更有历史的情怀。

眼前的景迈芒景千年万亩古茶园，是迄今为止国内面积最大、种植历史较长、保存比较完整的人工栽培型古茶园，被国内外学者称为“世界茶树博物馆”“茶叶种类活化石”，2013年，普洱景迈山古茶林被国务院公布为第七批全国重点文物保护单位，如今正在申报世界文化遗产。我们迫不及待地向茶园深处走去，古茶树随风摇曳的枝丫似乎在展现其蓬勃的生命力。此时，自己仿佛被古茶树的气场紧紧包围，那种穿越时光隧道的幻觉和回归自然的感觉交织在一起了。雨正下着，时断时续，沿着湿漉漉的弹石路慢慢走，路边随处可见参天古树，清脆的虫鸣鸟叫不绝于耳，幽静处，一座古朴的老寨子映入眼眸，那就是翁基布朗族古寨。

一棵3000多年的大柏树挺立在村口，守望着这千百年来世代居住的布朗族古村寨。布朗族是最早驯茶、种茶的民族。传说布朗先祖哎冷为抵御侵袭，率领族人南迁芒景。他们在景迈山开辟了家园，种下了后人叹为观止的古茶园。哎冷山就是为了纪念这位先祖而用其名字命名的。“我给你们留下牛马，怕遇到灾害死掉；留给你们金银财宝，担心你们会用完；只有给你们留下茶树，子孙后代才会取不完、用不尽。”这是布朗族典籍《奔闷》中记载的叭岩冷临终遗言。叭岩冷是有史料可查的最早的景迈山茶人，是布朗族的茶祖。布朗族与茶朝夕相处，一生与茶密不可分，世世代代相伴相随，因之对茶产生一种既亲切又崇拜的心理，茶就有了神性。茶树被视为神树，茶山被视为神山，茶园里的每一棵茶树都不得乱砍滥伐，开采茶叶要掌握季节、掐好日子；采鲜叶要讲究标准，一叶一芽，二叶一芽；还要对茶园杂草进行清除。这或许是景迈山茶自古以来能立足于天下的根本原因。可以说，只有布朗族定居的地方，才有千年古茶树。

有茶园的地方最具风情。姑娘像彩蝶一样扑闪在茶园，乡野歌谣不绝如缕，灵动的眼眉，婉转的歌喉，一串串泼辣辣的音韵，久而久之，便演绎出多元的绚烂的民族歌舞。拉祜族的《芦笙舞》、佤族的《木鼓舞》、布朗族的《茶歌》……他们以原生态的质朴，歌唱万物和谐，歌唱人间真情。

"阿哥阿妹情意长，好像流水日夜响；流水也会有尽时，阿哥永远在我身旁。阿哥阿妹情意深，好像芭蕉一条根，阿哥好比芭蕉叶，阿妹就是芭蕉心……"电影《芦笙恋歌》插曲《婚誓》长唱不衰。20 世纪 50 年代，小说《芦笙恋歌》以拉祜族青年扎妥、娜倮的恋爱故事为主线，讲述边疆少数民族在共产党领导下同反动派做斗争的故事。长春电影制片厂以此改编，拍摄了电影《芦笙恋歌》，著名电影音乐作曲家雷振邦，到勐朗镇唐胜村、勐滨村、发展河乡云盘村收集民歌后得到灵感，为电影创作了插曲《婚誓》，歌曲惟妙惟肖地唱出了拉祜儿女的万种风情，生动地表达了拉祜人民对幸福生活的向往与追求。

电影插曲里，让我认识了澜沧。

澜沧，是普洱茶的故乡，因澜沧江流经而得名，是全国唯一的拉祜族自治县。拉祜族先民是狩猎民族。他们把葫芦看成是祖先的化身、族人的吉祥物，用葫芦做图腾，象征拉祜族从葫芦中走出，向太阳奔去的精神追求、吉祥幸福的美好愿望。走近澜沧县，远远地就看见明晃晃的两个大葫芦。穿梭其间，民居的屋顶大多有个"X"的装饰，代表葫芦架子，下面有的画着，有的挂着，有的雕着小葫芦。拉祜族在澜沧世代繁衍生息，孕育了璀璨的拉祜文化。拉祜族创世史诗《牡帕密帕》的传承基地就在这里。《牡帕密帕》全诗共 17 个篇章，2300 行，内容叙述造天地日月、造万物和人类，以及人类初始阶段的生存状况等，是拉祜族人民族传承、历史悠久的口述文学精品。尽管各地流传的史诗篇目名称不尽相同，但其丰富的内容包括以下几个方面：远古时，宇宙一片混沌，天地未分，厄莎先后创造了天地万物和人类；兄妹两人在荒凉的大地上过着采集、狩猎的生活，后来结为夫妇，其后代分别繁衍为拉祜族、佤族、哈尼族、傣族、布朗族、彝族、汉族等；拉祜族从狩猎采集生活逐步发展到农耕生活……史诗不仅反映了拉祜族远古时期的社会生活、生产风貌，也反映了拉祜族先民对宇宙起源和人类起源的朴素认识，它犹如一首流淌在拉祜族人们心里的歌，不断传唱着拉祜创世历史。2006年，经国务院批准，《牡帕密帕》被列入第一批国家级非物质文化遗产名录。

“拉祜拉祜拉祜哟，快乐拉祜哟……”优美的吉他弹唱声响起，还未进老达保寨，欢快的歌声已传入耳际。乡亲们吹着芦笙，跳着“三跺脚”、拉祜“摆舞”，迎接我们的到来。老达保寨是典型的拉祜族村寨，全寨都是拉祜族。拉祜姑娘李娜倮，在父亲的熏陶下，13岁就学会吉他弹唱，16岁会作词作曲。为了传承拉祜文化，她在寨子里成立“雅厄艺术团”。艺术团成员白天在田地干活，晚上学弹吉他、唱歌、跳舞。在艺术团指导下，有100多人学会了吉他弹唱，他们每天都在快乐地唱着、跳着。随着《芦笙舞》《快乐拉祜》《实在舍不得》等一批原生态歌舞频频登上央视和国家大剧院，艺术团的名气也传播开来。令李娜倮倍感骄傲的是，她带领的拉祜团队将《实在舍不得》这首歌唱到了央视的《我要上春晚》栏目，唱得主持人落泪，现场观众也都感动得哭了。

有一首歌，定格在佤山的村村寨寨，定格在阿佤人的心中，成为佤山最经典、最荡气回肠的传奇，那就是被确定为西盟佤族自治县县歌的《阿佤人民唱新歌》。

“……山笑水笑人欢乐，茶园绿油油，哎梯田翻金波，哎……道路越走越宽阔，越宽阔，哎江三木罗……”

在我的记忆中，很小的时候就听过这首《阿佤人民唱新歌》，若仔细追索，当可追到童年时光从广播听到的。虽说听了几十年了，可是却只熟悉它的旋律，只能跟着哼唱几句。

《阿佤人民唱新歌》是解放军某部通讯兵战士杨正仁，以佤族民歌

《白鹇鸟》为蓝本创作的。歌曲表达了佤族人的心声，很快就成为佤山的“流行歌曲”。1965 年 3 月，西盟佤族自治县正式成立，《阿佤人民唱新歌》作为庆典的献礼在晚会上演唱，自此，佤族人民把它当作自己的民歌。

大概，人们都是通过这首歌，开始了对佤山的神往；通过这首歌了解了佤族。歌词中的“阿佤”，指云南边陲的佤族。相传佤族是一个从崖洞里走出来的民族，没有文字，靠的是“结绳记事，刻木计数”来传递信息、记载事情，民间文化、风俗习惯仅靠口耳相传，他们崇尚简朴、感恩快乐的“天人合一”的生活。

近山连着远山，小山倚着大山，西盟博航八组一栋栋别墅式的砖瓦房，错落有致地镶嵌在佤山云雾缭绕的竹林深处。2017 年春节，这个佤寨的 46 户人家，全部搬进西盟安居工程。旷世绝伦的木鼓声，传递着信仰的力量、丰收的喜悦和对幸福生活的向往，激情洋溢的佤族舞蹈、热情诚恳的佤族敬酒歌，组合成了多姿多彩的佤寨风情。“远方的客人留下来，来和阿佤人民交朋友”“一杯水酒一片情，喝一杯哟喝一杯”，即便是从不喝酒的人，也难以拒绝这番热情而接过酒，一饮而尽。在西盟民族中学，孩子们表演的《木鼓・甩发舞》，场面震撼人心。陶醉在醉人的水酒和那铿锵灵动的佤族歌舞里，近距离领略了佤族文化盛宴。佤族，是一个古老而又现代的民族，正以其独特的魅力和民族个性为世人所关注。

佤族黑珍珠杨娜，出生在歌曲《阿佤人民唱新歌》诞生地西盟佤族自治县，她参与创作的中国佤族原生态歌舞《佤部落》，走进国家大剧院成功演出后，在全国十多个大中城市巡演；还参与了舞蹈诗《阿佤人民唱新歌》……

一首首动听的歌曲，使“养在深闺人未识”的普洱揭开了神秘面纱。

在茶香氤氲里，在歌声飘荡里，徜徉普洱，既是观赏风光，也是研读历史。告别普洱，就像拉祜族歌曲里唱的那样：实在舍不得。

# 大理圣地

大理三月好风光哎
蝴蝶泉边好梳妆……

一踏上大理这片土地，就一直被电影《五朵金花》插曲那圆润、甜美的歌声蛊惑着，让我去感受它的魅力，领略它的神奇。

大理是云南古代文化发祥地之一，远在新石器时代，白族、彝族等民族先民就在那里繁衍生息。唐宋时期，大理地区先后建立的南诏国和大理国地方政权，延续了516年，是当时云南的政治经济文化中心。元代著名的旅行家马可·波罗和明代旅行家、地理学家、文学家徐霞客在他们的游记中对大理的美丽与辉煌都有详尽的描述。

这是一片圣地！

历史和现实搭起了一座桥，仿佛是为了参悟一个禅机，我就在桥上徜徉。宾川鸡石山、祥云水目山、巍县巍宝山、剑川石宝山……一路走来，好像有人不断地旋转万花筒，它们各异的风采纷纷呈现在眼前。

鸡石山上灵气氤氲，阳光特别清丽。正是早晨，我在鸡石山绝顶金顶寺的塔栏上眺望。导游介绍，徐霞客曾两上鸡石山，并编撰了第一部《鸡石山志》。他登临鸡石山绝顶，东观日出，西望苍洱，南睹祥云，北眺玉龙，不禁惊叹："东日、西海、南云、北雪，四之中，海内得其一，已为奇绝，而天柱峰一顶一萃天下之四观，此不特首鸡山，实首海内矣！"面对鸡石山的奇妙，很难不被那样天然的美景所感动。路上不时闪出一个个游客，拾级而上，两侧青松苍柏，一派渊厚气度，不知有多少代人曾经风尘仆仆地来朝拜过它！康熙《大理府志》有这样的描述："这里从前有三千寺庙，鸡山元旦，僧俗人众烧香散花供佛朝山，远近到的人达数以万计，从汉代到现在没有清冷过。"寻觅历史上那一行壮丽的足迹，众多高僧名士都曾与鸡石山结缘。从开山建寺之祖净月，到诗书画三绝的担当；从唐代的吴道了，到宋代米芾，再到明代徐霞客的到来；从建义皇帝、儒生大错，到禅海神龙虚云……书画家董其昌、徐悲鸿……人已朽，而自然却是不朽的。放眼四周，那悠悠的白云浮游千古，催人思绪万千。大自然的美景洗涤人们的心灵，然而我却不能在此久停，只能匆匆而来又匆匆而别了。

汽车载着一车欢欣驶进祥云县水目山。正是黄昏，山上轻轻袅袅飘出一片浓浓淡淡的水雾，为水目山增添了些许神秘。水目山在唐宪宗元和八年（813 年）已经开发，是滇西开创较早的佛教圣地。而水目寺是南诏大理国时期的皇家禅林，鼎盛时"纳子千余，从者如云"，享有云南禅宗第一寺的美誉。我被一种强烈的新奇感拽住了。眼前，历代众僧圆寂之地塔林矗立在苍松之中，导游介绍，这里的墓塔数量和规模仅次于少林寺、法门寺，素有"北观少林，南观水目"之说。寺抱塔、佛门圣物"舍利子"令人慨叹！别有一番天地，别有一种风景，别有一番滋味，令人心摇神移。水目山包含一种需要我们抬头仰视、低头思索的审美观念和人生观念。

天好蓝，好纯净，飘着素丝般的白云，像画，又像梦。身边的这座山，导游说是巍县的巍宝山。前面进香的人不多——几乎所有的伟大都处在一种大寂寞之中。那寂寞也是一种境界吧？那些无人前往的地方，遍野的花朵在那里完成了它们美丽的一生。巍宝山是全国著名的道教名山之一。据史料记载，巍宝山在汉代就有孟优（孟获之兄）道士在山中传教。清代巍宝山道教发展到鼎盛时期，道观香火最旺，成为道教丛林，很多道士前去隐居修炼，收徒传教。在这里，目前保存完好的道教宫观就有20多座，它们依山就势，合理地分布在前山与后山，组成一个完整的道教建筑群。山是那么静，尘世的纷扰全被挡在山外的世界了。巍宝山是非得细品方可获得真滋味的。古老的太阳现在仍那样美丽而又和蔼地照耀着，巍宝山一副古貌苍然的样子，任岁月一次一次地抚摩，静静地诉说它的传奇。

在剑川，开凿在石宝山悬崖峭壁上的石钟山石窟令我流连忘返。那是晚唐至两宋300年间云南地区的南诏大理国留下的史迹。这是怎样非凡的想象，用整座山来雕镂万古不朽的艺术作品——石刻绵延六七公里，造像139躯，上穷碧落下黄泉，生动地展示了那个时代人们心中所思目中所及的神界与人界的众生相。没有生命的石头被工匠的手改变了命运，镌刻交织了骚动与悲欢、奴役与反抗、沉沦与超升……

一程山水一程风。在大理，每过一座山，感觉就像在穿越一道雄丽的屏风，而每一道屏风，景貌各有不同——时而深沉，时而俏丽，时而典雅，时而辉煌……可又有不曾改变的，时空的大笔书写着它的春秋，它们包含的博大和深刻才是永恒的。

# 打量南部县

跋涉了千山万水，终于到了水碧山青的南部县——一个有着 2200 年郡县史的地方。关于南部县，史书里可以寻到一些故事：陈氏三状元、杜甫吟咏晓霞观、升钟寺起义、红军战斗在盐乡……它地处川中北缘、嘉陵江中游，现在享有“全国钓鱼城”“中国桂花城”“全国生态县”称号，这想必是一个既具有历史感又具有现代感的地方了。

历史堪可玩味，它离我们并不遥远。怀着敬慕的心情，我们来到了禹迹山，去朝拜禹迹山的历史。一路石径蜿蜒，两旁树木密布。已近黄昏，一片斜阳投射过来，满山满谷便铺上一层金色的浅光，而密林里的风声，有波涛澎湃的样子，令人觉得清妙。那段大禹治水的故事就曾在这里演绎。禹迹山因大禹治水经此留下足迹而得名。大禹是华夏民族的人文始祖，相传太古时大巴山九河横流，大禹曾沿途找寻治水宝地。禹迹山在方圆百里群山环抱之中，是“九龙捧圣”的吉祥之地，于是大禹便借地脉之势，带领百姓在此制方略、平水患，最终治水成功，嘉陵江自此疏通，丰功伟绩流传千古。至今，山顶上还有传说中大禹治水留下的足印——禹迹石。禹迹山有着厚重的人文内涵，自然而然地吸引人们前去寻幽探胜。

禹迹山山腰有一唐末宋初雕琢的立佛，叫禹迹山大佛，它与乐山坐佛、大足卧佛并称为“巴蜀三大佛”。立佛高 18 米，佛身魁梧硕大；佛面面颊丰腴，两耳齐肩，面容端庄，双目微启平视，于静穆威肃中寓慈祥；内着僧衣，薄而贴身，外罩袈裟，宽袖飘逸。从佛的仪态、神韵可以领略“吴带当风，曹衣出水”之美。仰视凝神，一种无名的肃穆感顿时升腾。大凡来这里的人，不知不觉间都会生出一种虔诚的宗教情感。据介绍，在大佛寺建成之前，远望禹迹山，山是一尊佛，佛为一座山。后来，有人为了大佛不被风化，建起楼阁，将其保护起来。楼阁的颜色、形制，与那里的山水非常协调。

顺着立佛右侧走 30 米，峭壁上有一人工开凿的石窟，那就是古代军事防御工事遗址——禹迹山古堡，相传石窟开凿于清嘉庆年间，是白莲教农民起义军为抵御清王朝围剿而凿，工程历时 9 年。石窟有大小不等的石室 40 多间，大的 10 余平方米，小的三四平方米。石室之间由一条幽邃而曲折、忽上忽下的通道相连，上有“天眼”直通禹迹山顶，下有“地洞”可达禹迹山麓安溪河源头。当我进入石窟，顿感凉气逼人，时而有蝙蝠翻飞，心生恐惧。而从洞穴的瞭望口向外纵目远眺，群山尽收眼底，别有一番幽逸情致。

亚洲第一立佛、古代军事防御工事遗址，是禹迹山两个独特的人文景观，它们穿越千年的跨度，与我静默对视，彼此传递念天地悠悠的情绪信息，不由得大发思古幽情。一切可以称着历史感的事物，都不是自明的，都有待于领受、解释，才能有独具意义。我终究不过仅仅止于欣赏，因为时间太匆促。

到了升钟湖却是另一番景致。升钟湖享有“峨眉青城逊升钟”之美誉。1986 年，升钟湖被批准为省级风景名胜，被世界旅游组织确定为中国西部最大的人造水资源。它以其时代背景的严峻与遥远吸引着我们。初来乍到，心里不期而然充满期待与喜悦。20 世纪 70 年代，为了解决川北人民十年九旱和饮水困难，国务院批准将嘉陵江一级支流——西河拦腰截断，形成了 8.4 万亩水面、13.39 亿立方米库容的高峡平湖，又叫升钟水库。水库建成后形成的宽阔水面和众多岛屿，为开发湖泊旅游提供了宝贵的自然环境、水体及水产资源。经过近几年的开发，升钟湖已获评为国家 AAAA 级旅游景区……从升钟水库到升钟湖，它已从灌溉功能延伸到了旅游、体育、休闲、娱乐。“昨天并没有过去，它在今天还活着，并且向未来延伸。”（美国作家福克纳）当我进入升钟湖景区，碧波、绿野顿时铺满了视野。徘徊顾盼，无论眼睛怎样变换焦距，总是绿，绿得纯净，绿得无涯。而对岸山层嫩绿，直至视线尽头。深绿浅绿，编成了绮丽的笔触。放眼湖面，一场国际钓鱼比赛正在进行。一个个垂落的钓鱼竿在碧色的涟漪里漂着，犹如一叶叶扁舟；湖里有山峰几点，更显湖的深宏壮阔。当我凝神遐思，脑海似乎出现了电影上的“定格”，这充满生机的湖，一下子就变成凝固的画面，风不兴，浪不作……一串水鸟的叫声划过，画面复活了，湖面犹如丝绸抖动，好一幅自然宁静画卷！有了鸟类，湖面才有生机。讲解员介绍，升钟湖旅游景区是“四川省湿地公园”，湖泊面积大，有很多湿地、浅滩和滩涂，加上水草和水生植物丰富，使得白鹭、苍鹭、水鸭、杜鹃等数十种鸟类在此筑巢安家，悠然生息繁殖。

这一山，这一水，使我对南部县有了更深的留恋。这种情感是在很短的时间里生发开来的，而美丽的景致也在心里生了根。难怪，现在会不止一次地对友人提起它，并苦苦勾勒它的形象。

# 红河回望

红河，多么富有诱惑力的字眼！单凭这两个字，就足以撩人情思，使人陷入无边的遐想；更何况，它还有那么多令人目迷神醉、流连忘返的人文景观和自然景观。红河哈尼族彝族自治州位于云南省东南部，南部与越南毗邻，因终年川流不息的红河流经全境而得名。当我走进红河，深深地感受到了隐匿于这一片土地之中的情怀与气魄。

红河，它默默地承载着历史的重负与荣光。当我驻足全国第一条民营铁路所在地碧色寨，徜徉在哥胪士洋行遗迹时，目光穿越时空，众多的“第一”徐徐向我展现：国内第一条通向国外的铁路“百年米轨”，全国第一条民营铁路碧石“寸轨”铁路，云南的第一个海关、第一个电报局、第一个邮政局、第一个驻滇领事馆，乃至第一个网球场。这一个接一个“第一”的诞生，抒写了红河较早的对外开放历史。更令人惊奇的是，碧色寨车站作为昆河铁路上的一个小站，至今仍在发挥作用。

熟悉河口的人都知道，河口是国家一类开放口岸，因其特殊的地理位置而成为千古名城。唐朝时期，陆上驿道与红河水道连接而成“步头路”，史学家称之为“南方丝绸之路”的第二通道。19 世纪末 20 世纪初，红河航道上“大船三百，小船千艘，来往如蚁，盛况空前”。1895 年清政府辟为商埠。1910 年滇越铁路建成通车，河口发展成为云南对外最大的商品集散地。而今，这里是云南进出口贸易最大的口岸，它经济中最有特色的是，当地政府专门为在河口做生意的越南人开辟了固定贸易场所越南街。越南街全长 1000 米，出售的商品大多是越南的土特产、日用百货和手工艺品，生意兴旺。那天清晨，我目睹了中越公路大桥开关那一刻，越南商贩奔跑着向中国关口涌来，有的用背篓，有的推着自行车，有的拉着板车，把堆积成小山、满满的货物运过桥来，然后奔向各条街的市场和商铺，场面非常壮观。

几经兴盛衰落，历尽沧桑，作为国务院批准的沿边开放县，河口建设日新月异，它那热闹的边境贸易、迷人的异国风情着实令人难忘。

红河是凝重的。它的历史积淀悠久深厚，它孕育了一大批不同时代的历史文化名人。这里有保存完好的距今1500万年的开远腊玛古猿古人类化石遗址；有始建于宋朝的建水指林寺，建于元朝的全国第二大孔庙——建水文庙；有不同年代的风格各异的名人故居古建筑群。漫步红河，一不小心，你就有可能与哪位名人撞个满怀。明、清两代，这里有过159名进士。有为建水赢得“文献名邦”美誉的明朝万历年间吏部侍郎、工部尚书包见捷,《四库全书》唯一的滇籍监修官员、嘉庆皇帝的侍读尹壮图，晚清“富甲全滇”的金融家、云南金融业创始人王炽，云南唯一的科举状元袁嘉谷，为修建碧石铁路和融资开发锡工业做出贡献的陈鹤亭，享誉中外的“近代中国数学之父”、教育家熊庆来……一座城市，有那么多的古迹让你去抒发幽古情怀，有那么多名人让你去仰慕，这不能不说是传奇。红河人要骄傲了。当你的脚步和逝者烙在路上的足迹重叠交错，那么，你一定不会感到落寞，红河也不会感到落寞。红河，它默默地延伸着历史，也延伸着人类的足音。

红河创造了人间奇迹。巍巍哀牢山绵延数百里，山脉中生活着勤劳的各族人民。在河谷地区生活的傣族，他们以稻作文化著称；瑶族居住在气候温和的沟箐里，那里林茂泉清，盛产草果、木耳和香菌，瑶族世代相传的医术神秘而有奇效；哈尼族、彝族居住在山腰地带，他们在大山之中创造了堪称人间奇迹的梯田；在山顶则居住着苗族，苗族妇女手工制作的蜡染和刺绣美丽异常。哈尼族人世世代代留下的杰作——梯田，随山势地形而变化，坡缓地大则开垦大田，坡陡地小则开垦小田，甚至沟边坎下石隙也开田，因而梯田大者有数亩，小者仅有簸箕大，往往一坡就有成千上万亩。那天，我们到达元阳梯田观景区老虎嘴时已近黄昏。一路行来，举世瞩目的梯田奇观渐次呈现在眼前。一种原始美，一种苍凉美。“山间水田如玉带，层层梯田似天梯”。漫山遍野的梯田，层层叠叠，从山脚绵延到山顶，在夕辉映照下，波光粼粼。它们摆着各种姿态，有着各种曲线，仿佛被哪位天神的魔法凝固，变为永恒。山中的藤蔓野花遮不住神秘，随风飘溢出大山的幽幽体香，启人遐想。而这方由江河、梯田、村寨、森林四度同构的人与自然和谐的生态环境已被国家林业局批准为“国家湿地公园”，被联合国教科文组织列入世界文化遗产预备清单。层层梯田，无声无息地存在着，它们的存在价值仿佛是为大自然的宁静，也是为万物的和谐。

……

红河，仿佛是历史老人垂落到云南边陲的一只巨手，千年百载，以其独特的臂力，撩拨着人们的心灵波澜。

几天的停留，红河悠久的民族文化传统，红河深厚的历史文化底蕴，红河的现实活力和生机，都给我留下美好的印象。红河是有气魄的，请接受一个匆匆过客衷心的祝福吧！

# 醉于遵义

遵义，因20世纪30年代召开的一场改变中国命运的会议而成为一座传奇城市。今年初夏，有幸参加福建省报纸副刊工委组织的采风活动，不禁神思飞扬。

当我踏上这一片土地，就一直被这儿的传奇故事蛊惑着，去拜谒历史遗迹。遥想当年，一场又一场惨烈的战斗，一个又一个鲜活的人物故事，就在此轰轰烈烈地演绎。走过水泥路，踏上光滑的青石路，去参观遵义会议会址。虽已是中午，去参观的人们依然络绎不绝。门前仰望，先映入眼帘的是“遵义会议会址”大木匾，六个字黑底阴刻贴金，苍劲有力，熠熠生辉，庄严肃穆。会址整个建筑由主楼与跨院两部分组成。穿越大厅，迎面是一座造型别致的砖砌山水花鸟牌坊，牌坊上端用彩色碎石片镶嵌“慰庐”，背面镶嵌“慎笃”。经过牌坊，是一个天井跨院，石板铺就“十”字形小路，直走去厢房，南走去老宅。主楼坐北朝南，一楼一底，为曲尺形，是中西合璧的砖木结构，歇山式屋顶覆盖小青瓦，楼房有抱厦一圈，楼顶有一“老虎窗”。主楼楼屋四周有回廊，楼房的檐下柱间有十个卷拱支撑，檐柱顶饰有垩土堆塑的青菜图案。堂屋保留了我国古建筑“彻上明造”的结构风格。整栋楼房的门窗均为板栗色，古色古香，深远清幽。据介绍，会址原是黔军二十五军第二师师长柏辉章的私人官邸，1935年1月，红军渡乌江占领遵义的前夕，柏家闻风而逃，整栋房子成了空楼。进城后，红军设营队就把总司令机关设在这里。沿着主楼南边的走廊，便到了遵义会议会议室，房间为长方形，保留着当年挂在东墙上的壁钟和一张褐色长方桌。桌子四周围着 20 张木架藤条靠背椅。

1955 年，经过 4 年的会址寻找认定，遵义会议会址正式对外开放，纪念馆占地 4 万平方米。楼房的房间里，留下许多当年红军写下的标语——“不当无钱的白军，拖枪过来当红军！”“不发欠饷不打仗！”……讲解员的讲解，声情并茂，加深了我对这里的了解。

历史并不遥远，眼前的一切催人思绪万千。遵义会议陈列室、红军总部旧址、遵义红军司令部旧址……在遵义会议会址流连，感受到这里的一草一木、一砖一瓦，都散发着一种崇高的神韵，凝聚着伟大人物的人格力量。

对历史有建树的，必然为人们所敬仰。在红军烈士陵园里，那一座高 4 .5 米的铜像令人惊叹——一位红军卫生员一手搂着一个骨瘦如柴的儿童，一手拿着一个磨损变形的水壶给孩子喂药。在遵义，几乎没有人不知道有关铜像背后的故事。1935 年 1 月，一位名叫龙思泉的红军卫生员，在遵义城郊一个叫桑木椏的地方，为在贫病中挣扎的老百姓治疗流行伤寒病。龙思泉因担负为群众治病的重任，没有跟上部队，被国民党反动派杀害。群众含泪将卫生员安葬在路旁。解放后，人们将红军卫生员的遗骸迁葬于小龙山上的红军烈士陵园里。从此，老百姓就把小龙山称为“红军山”，称这位卫生员为“红军菩萨”。现在，去红军烈士陵园凭吊革命先烈，已是当地老百姓的传统习惯，而游客到遵义，也必定会去悼念一番。

斗转星移，遵义默默见证记录了那一段惊心动魄的历史，如今，日复一日，年复一年重温诉说，教育后人勿忘历史。

遵义不仅有红色传奇，还有酒的传奇。采风活动就要结束了。当晚聚餐，不巧，我就座的餐桌围坐的大多都是“诗人”出身。桌上摆着原产地在遵义、有着传奇故事的董酒。席间，有诗人提到一句诗“懂天下事，不如董酒”。这是董酒曾经的广告语，其中蕴含着智慧与人生深厚的体验。我不会喝酒，一般聚会，总是滴酒不沾。这次，他们劝酒有两点理由，董酒的生产工艺与配方是白酒中唯一被国家列为“机密”保护的产品；董酒董事长蔡友平是福建晋江人。于是，在懵里懵懂之间，不由自主举杯。诗人，还是应该喝点酒的。中国诗人与酒的关系由来深远。诗人李白即被称为酒仙，而杜甫是“斗酒诗百篇”。就当一回诗人吧！抿一口杯中董酒，一时有别样的震颤在胸中冲撞，一股热流涌上面颊眼眶。醺醺然，陶陶然，此种境界倒是与诗有点相似。

遵义有无数传奇，走进传奇，便是我醉透了心灵的人生之旅。

# 台儿庄漫步

对台儿庄最初的认识来自中学历史课本。台儿庄能让我联想到的是抗日战争时期那一场驰名中外的血战——台儿庄战役，它谱写了一曲抗敌卫国的壮歌。而当我踏上这一片土地以后，感觉自己是多么的孤陋寡闻。台儿庄原来还是一座秀美的古城，历史上的台儿庄，是“水旱码头，商贸重镇”，繁荣一时，被乾隆皇帝称为“天下第一庄”。逡巡台儿庄，历史的脚印触目皆是，连那水光山色也仿佛是自然与历史的色彩相互濡染，使人感受到一种沉甸甸的分量。

台儿庄位于鲁苏两省交界处，西濒烟波浩渺的微山湖，东连风景秀丽的沂蒙山，北通齐鲁文化名城曲阜，南接两汉文化中心徐州，京杭大运河穿境而过，自古就有“西水东山连接处，北孔南汉交汇点”的美誉。抵达台儿庄古城，天色已晚。一条石板路曲折蜿蜒，时而被高高的石墙挟在其间，形成幽幽的深巷。石墙高处，临街的古式窗打开着，在拥抱暖暖的夕阳。河边草木扶疏，影影绰绰，透着红中带黄的色调。小桥流水人家，我恍若到了江南水乡。历史上的台儿庄就是一座水城。据历史记载，明朝万历年间，为摆脱黄河泛滥淤塞对京杭大运河的影响，朝廷下令对运河治理改道，从微山湖自东流经台儿庄。明清两代大运河漕运繁忙，台儿庄逐渐形成商贸重镇，呈现出“商贾迤逦，一河渔火，歌声十里，夜不罢市”的繁盛景象。我缺少对历史上的大运河的全景式了解，但从宋人张择端的《清明上河图》，领略了昔日的大运河曾经给古汴梁所造就的令人目眩的繁荣景象。画中浓郁市俗风情渲染的古城内外，舟楫拥塞的河道，街道桥头上往来的人群车马，鳞次栉比的店铺……昔日的台儿庄的繁荣该不就是古汴梁的模样吧？台儿庄古城内至今仍然保存着完整的运河文化体系，古河道、古码头、古村庄、古街巷、古建筑等遗址尚存，被誉为“活着的运河”。

台儿庄古城的繁荣鼎盛，没有被湮没在尘埃落定的史籍深处。脚下的台儿庄古城风貌便是重新修复，多数遗址也是复古而成。台儿庄古城成于汉，发展于元，繁荣于明清。1938 年春发生在台儿庄的大战，使这座古城化为废墟。2008 年，在纪念台儿庄大战胜利 70 周年的活动上，台儿庄古城重建工作启动，在“存古、复古、创古”理念的指导下，一座湮没的千年古城渐渐复活了。让古城以原有的风貌复活起来不是件简单的事，专业人员查阅了数百部史籍，从国内外搜集到 280 多张老照片，请当地老人一一现场指正，在此基础上，邀请专家绘制出《台儿庄古城胜迹原图》，原址原样进行修复。现在，古城内有北方大院、鲁南民居、徽派建筑、水乡建筑、闽南建筑、欧式建筑、客家建筑等 8 种风格建筑……

夜幕降临，泛舟而行。欣赏着美丽的古城夜景，船娘轻展歌喉，一曲《小城故事》令我感动无比，令我对古城产生无限遐想。台儿庄古城的繁荣已不再是烟云旧梦，历史的更迭改写有它的偶然与必然，悠悠古城有说不完道不尽的故事。

我怀揣一腔虔诚，来谨拜台儿庄古城，因为台儿庄更多让我想到的是战争，想到山河破碎，想到悲壮，想到民族的骨气、勇气与浩然正气。1938 年春，侵华日军板垣师团从青岛登陆，沿胶济铁路转经潍县（现山东省潍坊市），取临沂，企图与沿经津浦线南下的矶谷师团在台儿庄会合后共夺徐州。但日军这一计划被国民党第五战区司令长官李宗仁指挥的中国军队所挫，大败于台儿庄。中国军队歼敌 1 万余人，取得震惊中外的台儿庄大捷。在古色古香的明清风格建筑旁，在错落有致的百年商铺间，一个个大战的遗址牌，一幅幅血战的壁画石雕，提醒着我，这是一座有尊严的古城。不知不觉，踏着当年被鲜血染遍的土地，去细寻当年血战的痕迹——台儿庄大战纪念馆，火车站遗址，清真寺……清真寺是古城遗址的一部分，当时是国民党186团团部的指挥所，是敌我双方争夺的焦点，一场拉锯战就打了七天七夜。清真寺距战斗最激烈的台儿庄北城门不足200米。清真寺西配房南面墙，除去一门两窗外大约有187平方米，中窗下一平米见方的一块砖墙，上面有94个弹孔。1988年11月18日被中国革命博物馆取走保护。除去被挖去的这块墙，大大小小的弹孔有572个，其中如鸡蛋大小的弹孔144个。清真寺院内有一棵柏树，历经风雨，依然可以清晰看到16个深深的弹孔。历史在前进中曾经留下过多么沉重的脚步，台儿庄古城不愧为“中华民族扬威不屈之地”。游古城大战遗址，爱国热情油然而生。今天的台儿庄古城成了爱国主义教育基地，成了大陆第一个海峡两岸交流基地。

漫步台儿庄，处处可以观赏到赏心悦目的自然风光，心里却又时时拂拭不掉对印在这片土地上种种历史足迹的感受。景物与历史相映，使古城更显得意蕴深厚妩媚有情。如今，台儿庄古城正翻开历史新的一页，再次赢得世人瞩目。

# 情歌与战歌

甘孜，一个珍藏在特色地域文化和山水情韵中的名字。它位于四川省西部，是中华人民共和国成立的第一个少数民族自治州。

地名洇染着古昔感、峥嵘感、深邃感。由于地域的原因，说起甘孜，我首先想到的是享誉全球的《康定情歌》；想到的是举世闻名的飞夺泸定桥……采集《康定情歌》的作者吴文季是福建惠安洛阳镇人；飞夺泸定桥左路军由王开湘、杨成武率领，其中杨成武将军出生在福建长汀。“身未动，心已远”。就像预热，它们鼓起了我想象的风帆。

参加甘孜基层采风活动的几天行程，几乎是在汽车里度过的。挨着玻璃窗，柔美的草原和壮丽的山河不断从眼前掠过。茫茫天涯，咫尺可触。那里天高云远，草低水明。美有着巨大的穿透力。我简直不知怎样才能描述那美丽的景色了——在强烈的美的面前，语言显得多么苍白。

采访空隙，几个人相约到著名的《康定情歌》诞生地康定去走一遭。康定是一座繁茂优雅的小城，位于郭达山、亚拉山、跑马山之间的狭长地带，雅拉河、折多河从城中奔腾而过，向下汇入大渡河支脉，素有“三山环抱，二水中流”之说。它有“打箭炉”“炉城”的别称。相传蜀国军师诸葛亮，曾在这里铸箭，故有“打箭炉”之名。另一版本的传说里，“打箭炉”的提法是因为康定的藏语名字是“打折多”，即打曲和折曲两条河相汇之处。日子久了，人们取了谐音、又附会了诸葛军师故事的名称。

夜幕下的康定幽风阵阵，清静宜人。细雨中我们漫步在溜溜城，一阵风从身边吹过，感觉它湿漉漉的。它似乎踩着折多河的节律而来，仿佛要与我一起去寻找历史碎片，陪着我和不远处星星点点、灯火闪烁的跑马山对语。由于落差大的原因，城中的折多河总是急急地奔腾而去。没有碧波悠悠，有的是白沫飞溅。河水从一块巨石向另一块巨石冲去，仿佛就是大自然的一首情歌，恣意地滋润着这一方土地。有了水，就有了桥，公主桥、将军桥、彩虹桥、二道桥……桥桥相通，路路相环，别有一番情趣。我们不由自主地轻轻哼唱起来：

跑马溜溜的山上
一朵溜溜的云哟
端端溜溜地照在
康定溜溜的城哟
月亮弯弯康定溜溜的城哟……

《康定情歌》是20世纪30年代的一首民歌，由古老的溜溜调演变而成。溜溜调有多种唱法，源于康定雅拉乡一个村寨的溜溜调是《康定情歌》的主旋律，当地群众自发编创，在歌词的每段中间加了“溜溜的”和“月亮弯弯”等衬词，活跃了节奏，舒展了歌腔，使歌曲风趣生动，更显悠扬婉转的西部韵味。20世纪40年代中期，就读于重庆青木关国立音乐学校的学生吴文季，在从军的康定人中收集到此歌，转交给他的老师伍正谦。伍正谦十分喜爱，请作曲系的江定仙老师配乐伴奏演唱。江定仙配好伴奏后，将原名《跑马溜溜的山上》改名为《康定情歌》。伍正谦在学校的一次音乐会上首次演唱了这首歌曲。后来，江定仙又将此歌推荐给当时走红的歌唱家喻宜萱。喻宜萱同年在南京举办的个人演唱会上演唱了此歌，从此将此歌作为自己的保留节目，从南京唱到了大西北，从国内唱到了国外。就这样,《康定情歌》传遍了世界。旋律流畅、优美、深挚,《康定情歌》醉了你、醉了我……它给人们带来了无限遐想。

一首《康定情歌》，让康定成为“情歌的故乡”，也让甘孜从此有了一张永不过时的文化名片。

小时候从历史课堂知道了泸定桥。老师讲述的22位勇士勇夺泸定桥，突破天险大渡河的故事，令人终生难忘。曾经在图书馆翻阅有关中国工农红军长征的历史书籍，“飞夺泸定桥”跃然纸上，它穿透纸背放射出的光芒，让我为之一振。

抵达泸定镇已是黄昏。我满怀敬畏，站在泸定桥头凝望，像是对历史的一次品读。

泸定桥又称为铁索桥，是中国古代桥梁建筑的杰作。相传康熙帝统一中国后，为了加强川藏地区的文化经济交流而御批修建。泸定桥两岸的桥头古堡为汉族木结构古建筑，始建于清康熙四十四年（1705年），第二年就建成，康熙御笔题写“泸定桥”，并立御碑于桥头。泸定桥桥长103米、宽3米，13根铁链固定在两岸桥台落井里，9根作底链，4根分两侧作扶手，共有12164个铁环相扣，全桥铁件重达40余吨。

自古以来泸定桥是连接川藏的交通要道。1863年，太平天国的石达开在此抢渡大渡河失利，导致全军覆没。1935年5月29日，中国工农红军第一方面军第二师的22位勇士为突击队在此消灭守敌，飞夺泸定桥……

行走晃动，铁索桥随之上下颠簸，耳边不时滚过大渡河的涛声。仿佛瞬息间就要坠落河中，我紧紧抓住了铁索，一时静默无语。那一刻只觉得大自然的强大、自身的渺小。每一秒，大渡河流的都不是昨日的流水。它包容了一切，它包容了历史，包容了微不足道的人类的一切欢乐、苦难。大渡河奔腾不息，最终流入大海，千难万苦终于有了归宿，使局限成为恢宏，进入更高的境界。泸定桥边有一座红军飞夺泸定桥纪念馆，纪念馆广场上竖立着22根方柱子，它们代表着当年飞夺泸定桥的22位勇士。在22位勇士中，如今只有5个人的名字被后人得知。突

然眼睛有点潮湿。想起了毛泽东的《七律·长征》:

红军不怕远征难，万水千山只等闲。
五岭逶迤腾细浪，乌蒙磅礴走泥丸。
金沙水拍云崖暖，大渡桥横铁索寒。
更喜岷山千里雪，三军过后尽开颜。

“大渡桥横铁索寒”，描绘了红军飞夺泸定桥的惊险、悲壮。其中，“寒”字冷峻严酷，传递的是九死一生后的回味。

“飞夺泸定桥”之后，红军主力军渡过大渡河，浩浩荡荡奔赴抗战最前线。可以说,“飞夺泸定桥”是中国工农红军在长征途中的一首“战歌”。泸定桥后来成为中国共产党重要的历史纪念地，1961 年，被中华人民共和国国务院公布为第一批全国重点文物保护单位。

一首情歌，一首战歌，像是与时光的一次亲密接触，我对甘孜的认识，终于跨越了优美的《康定情歌》，定格在历史天空。那里有最美丽的传说，那里有时空的大手笔抒写着的春秋。

# 古塔·古渡

六胜塔与林銮渡是石狮市两处有名的古迹，它们赫然地站立在唐朝以来的“海上丝绸之路”的史页上，让后人仰视。

对六胜塔最初的认识来自一首散文诗，散文诗这样写道：

就在这里，泉州湾的入海处。

就在这里，依偎着海，日日夜夜听海的高歌低吟。

六胜塔扎下了根，长大长高，为了眺望得更远。

……

“海上丝绸之路”的第一个航标，从宋的肩头坠落、又在元的胸膛上挺起。

……

闯海的人永在眺望，望一眼这一座没有灯光的灯塔，心中便挂起闪闪发亮的灯盏！

诗一下子打动了我，进而对中国古塔有了新的认识。中国古塔，是中国古代的多层建筑，在工程技术上达到很高的水平。我见过西安大雁塔、泉州镇国塔、杭州六和塔、开封佑国寺塔……古塔里不是佛塔，就是文峰塔。而六胜塔，超越了我所认识的塔的意义，它成了灯塔，成了航标——刺桐港、海上丝绸之路的灯塔，古泉州海外交通的重要航标。

六胜塔又名万寿塔，俗称石湖塔，濒临东海，位于石狮市蚶江镇石湖村东北金钗山，虽历经风雨却依然挺立。据史载，北宋政和年间（1111—1117 年），高僧祖慧、宋什等募捐建了六胜塔，南宋景炎二年（1277 年），塔被元军毁坏。传说，景炎元年（1276 年），南宋端宗赵昰被拥于福州，受元军逼迫，流亡到闽南，又被蒲寿庚所阻挡，进不了泉州城，一度避居石湖，并建了行宫，最后从石湖出海，死于硇洲（今广东吴川市南海）。石湖因而遭到元军报复性的洗劫，六胜塔亦未能幸免，被元兵毁大半，直到元世祖至元二十二年（1285 年）才修复。元顺帝至元二年（1336 年），蚶江富商凌恢甫鸠资重新修整。1984 年福建省政府也曾拨款修葺。

当我站在六胜塔前，只觉得遗憾，因为当地正在精心打造海丝文化风光，六胜塔披着维修“护身服”，只能隐隐约约去辨认它的模样。

六胜塔造型很像泉州开元寺东西塔，是花岗岩石砌仿木楼阁结构。塔与众不同的一个特点，就是每层塔的横梁上都刻着建造者的姓名和时间。底层南面拱门的门额上悬一块“花带碑”，刻着“万寿塔”三个字，挽着我的心。当地负责人介绍，塔每层设四券门、四方龛，位置逐层互换，石龛雕有石佛，两侧浮雕“金刚”“力士”神像，有雀替，莲花栌斗。座上置望柱、栏板，四面作台阶通四门。塔身八角立圆柱，上叠莲花栌斗，浮雕雀替。每层双挑斗拱出檐，上盖扇形瓦纹石板，盖顶雕筒瓦及瓦当。八角作吻首翘脊，上雕坐佛各一尊。顶置金刚宝箧式塔刹。塔各层设拱门、佛龛 4 个。每层浮雕金刚或立佛 16 尊。檐廊均做护栏。整体结构严谨，布局匀称，雕刻精细，技艺精巧，历经多次地震，特别是历经明万历三十二年（1604 年）泉州海域的八级大地震，仍然无恙。听着，感受着，心里情不自禁地赞叹起来。

寻景的人总会在这样的地方放慢步子，与周边的风物合在一起端详。六胜塔是古泉州港千年长盛不衰的“航标”，也是福建人漂洋过海、闯荡世界的重要标记；而离塔不远的林銮渡却是全省唯一保存完好的宋元古渡、国家级重点文物保护单位，极具历史价值。

提起古渡，就想起了唐代戴叔伦《京口怀古》“大江横万里，古渡渺千秋”的意境。站在林銮渡巨石上，只管放眼，漫漫水面，有耐不住安闲的白鹭舞翅划破水面的宁静，带来欢悦的鸣叫。向西眺望，是宽阔的晋江出海口和雄伟的泉州跨海大桥……

眼前的林銮渡位于石狮市蚶江石湖西北侧，是唐代航海家林銮为通往渤泥（北婆罗洲）而兴建的贸易码头。它建于两座天然岩石间，全长113.5米，末端向东，呈曲尺状。主体长70米，宽2.2米，高2.41米，由长石纵横筑砌而成，上横石板。宋元间重修，并一直在中国海外交通史上发挥作用。

沐着海面的清凉，默默注视古渡口，如同阅读一段流淌的文字。关于林銮，清代史学家蔡永蒹先生所著的《西山杂志》里有这样的记述：林銮（字安东），先祖林尚书（号西山）因“五胡乱华”避兵祸，自河南洛阳沿水路南下在东石卜居。林氏自东晋至唐乾符年间，经300余年均以海上商贸为业。因经商有法，往来倍利，世称百万。

“北人跑马，南人行舟”，在陆上丝绸之路几近中断时，泉南一带便借着唐王朝贞观开放对外通商的契机，在各港口展开海上贸易，并逐渐繁荣起来，泉州也应时成为商贸大埠。据记载，唐代作为泉州港附属港口的海湾就有十个之多。它们分别是肖家港、王家港、柯家港、李家港、中舍港、东石澳、后湖窟、桂林港、安海港、溪边港。那时林銮正是利用这些天然港口开展海上贸易的。唐开元八年（720年），林銮就拥有大船数十艘，航行东达夷州、琉球；南达菲、蒲端、甘棠、渤泥、三佛齐；西南达维力、扶南、占城、交趾一带，用以物易物的方式，以彩缎、竹编、陶器等换回楠木、象牙、茴香、犀角、樟脑。唐开元十年（722年），林銮引来番舶，时因“蛮人喜彩绣，武陵多女红”，所以彩缎换香料为多。为引番舶入港，拓展对外贸易，林銮在唐开元年间（713—741年）投巨资，用了近20年的时间，请善于造塔的工匠周仰在沿海造七塔，作为引航航标。钟厝塔（埔头塔）、钱厝塔、石菌塔（龙吟塔）、塔头塔（虎啸塔）、西港塔（凤鸣塔，又名西塔）、石兜塔（马嘶塔）、围头塔（象立塔）就这样建起来了，塔高六丈有余，五层石砌结构。七塔造成后林銮更如鱼得水。唐天宝年间（742—755年），他让王尧在后湖窟造船，船材多来自渤泥(北婆罗洲)。据载："船长十八丈次，高四丈五尺余，宽四丈二尺许，作圆尖形；主桅高十丈有奇，分上下二层、十五个货仓，可容载货物三万余担。"像这样的大船，到林銮裔孙林灵仙时（唐僖宗乾符年间），已有百艘之多……

思及不同时代的人杰远去，难免怅然而念天地之悠悠。

林銮渡是以林銮名字命名的，抚今追昔，使人起了一种人世沧桑、千古兴亡的感慨。林銮渡见证了古丝绸之路熙熙攘攘商贾的往来，见证了航海家林銮的传奇，也见证了郑和下西洋……如今，这个曾经辉煌的古渡口，成为"古泉州（刺桐）史迹"申遗中的一个重要内容。

古塔与古渡，最能见证古代劳动人民的智慧。徜徉在六和塔与林銮渡之间，感觉既是观赏风光，更是在研读历史。

# 永福赏樱花

春节前后，打开微信，朋友圈里有许多以樱花为背景的照片。照片上清晰可见那姹紫嫣红的樱花漫铺在一垄垄墨绿色的茶丛中，红绿相互掩映，美不胜收。那时，许多朋友在漳平台湾农民创业园游玩。创业园核心区永福镇被誉为“中国最美樱花圣地”。女人容易为花迷醉，微信上的美图撩拨着我，不禁心驰神往。

我生活在全国有名的花果之乡漳州，处处花树挺立，尤其是在春季，随便经过什么地方，街边路旁，抬眼处皆美。有一天，在江滨公园散步，发现望江亭下不知什么时候有了数十株的樱花。树头疏疏落落地开了几朵花，我略略看了一眼，并不在意，谁知过了几天，再看竟已完全开放，望过去绚艳明媚，无比喧闹。突然想起了以前中学课本里鲁迅先生在《藤野先生》一文中的描写：“上野的樱花烂漫的时节，望去确也像绯红的轻云。”只用了一句话，就把樱花形容得令人无限向往。

“永福樱花”又如何呢？趁今春路过，去领略一番。据介绍，2005年前后，九德、台品等多家茶场均在开发茶园时套种了数千株樱花，用以改善茶园生态，盛开的樱花，意外成为一道靓丽的风景。2012年，龙岩市及漳平市台湾农民创业园在永福镇建设樱花园，以此作为“美丽乡村”建设重点项目进行精心打造。目前，在永福樱花园及西山村种植了近万株樱花，园内修建了花语、樱花桥、浴花亭等小品景观，经过多年培育，已成长为“中国最美樱花圣地”。到达永福已是暮春，错过了最璀璨、最庄严的华光四射的茶园樱花盛开时节，然而，下榻处的台缘山庄的那一片樱花也足以让我得到些许安慰。永福樱花品种多达42种，从立春左右至三月底次第开放。我赶上的花期是粉色的尖山樱、吉野樱……

正值黄昏，雨过天晴，山路两旁，簇拥着盛开的几百株樱花。这樱花，一堆堆，一层层，好像云海似的，溢彩流光。我们边走边看，默默地欣赏着这一片美丽景色。山上早已有不少人在游览，听口音各色各样，樱花似乎把四面八方的人都吸引过来了。所有人都露出惬意的笑脸，所有人的眼神都是温柔的。置身其间，感觉这樱花不仅酿造了美丽，也酿造了人间的亲密和欢乐。走着走着，我看到稍远处的山道旁，有几个青年坐着写生，他们正聚精会神地一边望着樱花，一边用笔在画夹上涂抹，大约是想把樱花盛开的动人景象永留画幅吧！沿着平缓的山径慢慢向上走去，暮色渐浓，曲折的山路被无边的花云遮盖了。

我对樱花了解并不多，到下榻处慢慢搜索。樱花是落叶亚乔木，叶作尖形，与樱桃花一模一样，花五瓣，叶与樱桃花相同；不过樱桃花结实，而樱花是不会结实的。花有单瓣，有复瓣，色有白、绿与浅红三种，易开易谢，一经风雨，就落英缤纷了。樱花的种类均产于亚洲，中国和日本是世界樱花植物的著名产地，也是世界樱花类植物输出的主要国家。日本人上原敬二记载1822年中国的樱花自广东传入伦敦，是我国樱花传入欧洲的最早记录。引入美国最早的是1873年的托叶樱、湖北樱；其后40年中，又陆续引进了灰毛山樱、福建山樱花等15种樱花。这些樱花多栽培在美国哈佛大学阿诺德树木园内。中国种樱花是否曾传往日本，根据日本人牧野富太郎的记载“樱桃于明治十年（1877年）由中国输往日本”，对樱花则未有文献可资考证。但日本有许多著名的樱花品种如垂枝粉红樱花、密花粉红樱花等，都是中国种樱花的栽培品系，与中国樱花的变种如白重瓣樱花、红重瓣樱花等尤为接近，同为栽培变异。另外，日本有些杂种樱花的亲本与中国樱花亦有联系，因此有可能中国的樱花也一早就传到日本，并产生了许多变异。

搜索展读时，似乎又到了樱花园，行过这里有一片，经过那里有一丛。沉浸在弥漫的樱花气息里，反复朗读敬爱的周恩来诗作《春日偶成》中的“樱花红陌上，柳叶绿池边”、《雨后岚山》中的“山中雨过云愈暗，渐近黄昏，万绿中拥出一丛樱，淡红娇嫩，惹得人心醉”……

# 永恒的光芒

古田，位于福建省上杭县西北部，群山环绕，山清水秀。1929年，这个原本默默无闻的普通小镇，却见证了一段历史，见证了一个神奇而伟大的转折；而“古田会议”从此带着永恒的光芒走进一代又一代人的心灵，激起人们几多云霞般的遐思与憧憬。

家里至今收藏着2009年购买的《古田会议八十周年》纪念邮票。纪念邮票一套一枚，图案是著名画家王路1972年的作品——《古田会议染层林》油画，画面华彩与素淡并存，宁静的形态给人以欢腾的感觉，浓烈的色调给人以热烈的激情……穿过春夏秋冬的交替，而今，带着暮春的雨，我前去拜谒。我在黄昏里凝望——一帧大写意的浩幅铺展在我眼前：一片开阔的田野上，一座粉墙黛瓦古朴的古建筑远靠着茂密葱茏的树林，上有斗大的8个字赫然入目——“古田会议永放光芒”。这古建筑便是闻名遐迩的古田会议会址。会址原是一座祠堂，位于古田镇采媚岭笔架山下，坐东朝西，是一座始建于1848年的单层歇山四合院式清朝宗祠建筑，原为廖氏宗祠，民国以后曾是和声小学校址，1929年5月，红军第一次挺进闽西，改为曙光小学。

雨后山清境幽，松苍柏翠，鸟语花香，处处呈现出一派新鲜的、水灵的、润泽的景象。也许是刚下过雨的缘故，游人穿越青石铺成的路面走进会址，就像行走在一幅墨渍未干的山水画中。会址大门横匾上书写着“北郭风清”四个大字，两侧篆刻着一副对联——“学术仿西欧开弟子新知识，文章宗北郭振先生旧家风”，字里行间诠释着那个年代祠堂主人学习的意志和开放的胸怀。穿过铺着鹅卵石的前院，进入红漆大门，便是古田会议旧址，会场正上方挂着“中国共产党红军第九次代表大会”的横幅，一种敬意从心里油然而生。跳过历史栅栏，仿佛来到了20世纪20年代召开的古田会议的现场：一张简易的桌子就是一方讲台，一块简陋的小黑板，墙上挂着马克思和列宁的画像，台下是六排陈旧而整洁的学生桌椅。地板上有几处斑斑黑迹，导游介绍，那是当年古田会议期间，天寒地冻，红军战士衣衫单薄，烤火取暖留下的痕迹。再往前走几步，只见墙上挂满了一幅幅生动的图片，其中最引人注目的便是摆在正中记录当年古田会议的大幅油画。陈列馆里收藏了大量的革命文物和资料图片，见证了历史沧桑，让人生出无限崇敬之情，引发出无尽的思考。

在纪念馆众多文物中，有一张写在石块上的红军借条，引人注目。据讲解员介绍，这张借条是当年真迹。1929年8月，朱德进军闽中路经漳平杨美村，当地群众因对红军不了解便躲进山里，红军由于行军需要在一位名叫苏和的群众家里买了29斤大米，但一时又找不到卖主，便在他家的墙壁上写下留言：老板，你不在家，你的米我买了29斤，大洋2元，大洋在观泗老板手礼（里）。红军走后，苏和回到家里见了留言，逢人便说：“红军真公道！”这件事以后，当地群众了解了红军确实与别的军队不一样。

黄昏的天空清静而深邃。走出会址，放眼四周，我望见了一片娇黄的油菜花，在向晚的暮霭里闪着金黄色的柔光，阵阵山风和着馨香，由远而近，由近而远地飘荡，我的思绪便沿着这熙熙攘攘的金黄色的音符驰骋。

历史经岁月冲刷更显古朴厚重。临别时回望古田会址，“古田会议永放光芒”显得多么柔润隽秀、意境深邃，给人以肃穆的回想。而摇曳在山风里的油菜花，依然簇拥着永不退落的花潮。前来瞻仰缅怀的游人，似乎都没有忘记在“古田会议永放光芒”八个字下拍照留念。

# 山谷水乡

云水谣坐落在山环水绕的谷地里，一条河流，四面青山，仅仅是这种结构，就区别于乡村的小巷和城市的大街，人行其中，自然而然就会萌发各种各样快乐的念头。

云水谣原名长教，是闽南人与客家人的交融之地，位于漳州市南靖县境内。那凝重古朴的土楼、淳朴的民情民风，引起了人们的浓厚兴趣。福建土楼“申遗”成功后，当地政府为了让游客在领略当地风光的同时，感受闽台交流的深远，将长教村更名为“云水谣”古镇。

云水谣之美在于它的清幽。一条随意流泻的弯弯小溪，从远山里唱出，又悠悠地渗入到天边的彩虹之中。我不由得停住了脚步。从未见过这样清澈的小溪，平缓而浅的溪水刚好没过膝盖。我不止一次蹚进溪水，或撩水花或坐在从苍崖上垂吊在河床的树根上，凝望漾动的溪水，此时，听觉、视觉、触觉都变得非常敏锐，每一缕风，每一道光和影，都有灵魂的渗进。远远望去，不时有人倾身在溪中洗刷，平添了几分情趣。我们的到来打破了这里的宁静，款款笑声撒播在水里，闪闪烁烁，引得洗衣的村妇频频回望。

鹅卵石铺成的古栈道沿溪而建，绵延 10 余公里。古栈道，叫古幽道，因为它非常幽静。那上面的鹅卵石由于年代久，走的人多，被磨砺得十分光滑。据考证，古栈道是过去长汀府即现在的龙岩市通往漳州的必经之地。生活在这里的人们进京考状元，都要从这古栈道走……古栈道溪岸边有一古榕树群，由 13 棵百年、千年老榕组成，蔚为壮观。其中一棵老榕树是目前福建省已发现的最大的古榕树，树干底端需要10多个大人才能合抱住。这里的古榕树是那样的独具风采，盘根错节，枝繁叶茂。山风掠过它高高的枝头，把叶子掀动得忽白忽绿，但树身则牢固地埋在地里，任怎么吹都不动摇。有几棵榕树横向生长，枝丫伸向溪中，给远道而来的观光客留下“疏影横斜水清浅”的景致。循着古栈道，我来到吊脚楼旁老榕树下。在古榕树的绿荫下，一方石儿，数只石凳，或茶或棋，或丝竹管弦，客家山歌、南音便袅娜成幽梦……此时，几个老人组成的民乐队正在演奏，扬琴、二胡、琵琶、大鼓，吹拉弹唱，音律独特，别有韵味。细细品味，他们正在介绍自然风光、民俗文化，诉说宗教历史。栖息于榕树诗意的怀里，他们尽享乡居生活的恩惠。

古榕树、古栈道交织的云水谣；土楼人家、小桥流水构成的云水谣，是一种禅境。是物化了的精神家园！这种禅境，不是古佛青灯下的“禅”，而是一种“平安家园”的感觉，那么凡俗，那么自足，让人眷恋，让人散开胸中的积郁。不过云水谣不是世外，云水谣有它的历史。最能体现云水谣神韵的是山脚下、溪岸旁、田野上星罗棋布的一座座土楼。这些从元朝中期就开始建造的土楼，目前保存完好的就有53座。土楼姿态万千，除了建在沼泽地上堪称“天下第一奇”的和贵楼，工艺最精美、保护最完好的双环圆土楼怀远楼外，还有吊脚楼、竹竿楼、府第式土楼……土楼穿过层层岁月而保留下来，那些湿漉漉水汪汪的苔藓，绣住了它的每条皱纹和每个斑痕。土楼的起源一直是一个谜，至今仍有争议，有专家认为“中原人为避战乱南迁建土楼聚族而居”“土楼是客家文化的结晶”；有专家认为福建圆土楼发源于九龙江中下游及比邻地区，是漳州先民抗倭的产物。如此说来，土楼是明代九龙江下游及比邻地区的漳州人在抗击倭寇的血雨腥风中创造出来的，它最早出现的时间应是明嘉靖年间……无论源于何时，无论是庙堂之上，还是朝野之外怎样的人来人往，云起云飞，土楼带给人们的温馨、平和，以及在宁馨中所包容的博大深刻，却是永恒的。

领略土楼，别有一番滋味。土楼不仅建筑特色鲜明，大多数土楼的命名也寓意隽永，意味深长。“和贵楼”又称山脚楼，是福建省最高的土楼，建于清代雍正十年（1732年），这座土楼建在沼泽地上，用200多根松木打桩、铺垫，楼高5层21.5米，大楼为长方形，天井中心建三间一堂式学堂，历经200多年仍坚固稳定，保存完好。和贵楼，顾名思义，是劝世人弘扬以和为贵的中华民族传统美德。“怀远楼”是双环圆形土楼，简氏家庭住宅，建于清宣统元年（1909年），怀远楼有两个含义：一个是楼主来自河北怀杨简氏家族；另一个则是要告诫简氏子孙要胸怀远大志向。楼两侧有一副对联：“怀以德敦以人籍此修齐遵祖训，远而山近而水凭兹灵秀育人文。”大门两侧还有四个装饰四个大字“福禄寿全”，告诫子孙，“福禄寿全”是相对的，只有努力才能获得。怀远楼最引人注目之处，在于内院核心位置的祖堂也就是家族子弟读书的地方“斯是室”。“斯是室”令人想起刘禹锡《陋室铭》里“斯是陋室，惟吾德馨”的句子。走进大门，迎面就是“楼中楼”内环楼“诗礼庭”。大门至诗礼庭通道两边分别有砖墙把大天井隔，在土楼走廊这侧分别有两个拱顶侧门，右侧门上大书“玉树”，左侧门上大书“宝田”，寄寓热爱禾稼树木、与自然和谐的愿望。

小桥流水、百年古榕树、古栈道、土楼人家——风景只为喜欢它的人而存在，它能唤醒人们心中许多被遗忘的东西，像爱情、纯洁、质朴、美感……循着小溪，古栈道上我们慢悠悠地走着、看着，并且希望，这条鹅卵石铺成的古栈道永没有尽头，遗憾的是，溪头的晚照这时已迎面而来。

# 后坊古韵（上）

后坊是非得细品方可获得真味的。它坐落在福建漳州长泰县马洋溪生态旅游区境内，青山荫翳，溪水绕村。置身其中，百年闽南古民居、千年老树、明朝古庙、古桥、古琴……古村落独特的风姿韵致，可以领略到古朴的温存；桃花岛、格林美、茂林源，美丽乡村的斑斓色彩，令人怡然自得。它静静地躺在时间深处，任阳光浸透，任岁月抚摩。

那一脉淡淡如烟永恒不息的马洋溪从村子穿过，形成蜿蜒的“S”形，将后坊村画成一幅“太极图”，那份缱绻的乡情，便随着流水随着年华老去而愈发熨帖缠绵……

后坊是一个古老的地方，历史悠久。村名的演变给人们留下一段动人的传说。元时期后坊村叫“横樟社”，因村里有一棵千年横卧的老樟树而得名。清朝乾隆时期，现在武安镇溪东社郑氏第四世郑永召、郑永玉兄弟，到此放母鸭讨生活，因为所养的每一只母鸭每天都会生两个蛋，故认为此地是一处难得的风水宝地，于是立家在山坳后边处，发展兴业，立社取名为“后边社”，直到民国时期才开始使用“后坊”这个地名。

溯本归源还是那一脉淡淡如烟永恒不息的马洋溪。马洋溪轻轻柔柔地流淌着，从村子穿过。溪水远离尘寰，清澈、澄碧，时有白鹭掠过，增添了些许静谧。溪畔有个枧头自然村，人们称之为“桃花岛”。“桃花岛”上，有4000多亩的桃树蓊蓊郁郁绵延其处。星居着的人家，全都是绿树掩映。静看水中，树在水底摇曳，时而模糊，时而清晰，仿佛是有意绪的梦。清晨，鸡犬互答，缕缕岚翠飘浮其间，构成一段史上佳境、人间妙趣。生活在这里的人们，该是从容与淡定的。我曾在春天来到这里，穿行林间小路，四顾全是姿态扬抑的桃树，到处是沁人心脾的馨香，满眼是撩人心魄的景致。春天仿佛是在这桃花的深红与浅红里被点燃了。

“最后坊”的岁月印痕，自然是这里的闽南古民居。2013 年后坊村被列为漳州市首批 13 个“富美乡村”建设示范点。在富美乡村建设过程中，后坊村对旧大厝古民居进行修缮，修旧如旧，保护和挖掘具有闽南特色的乡村历史、人文景观资源；对那些新建筑，则因地制宜，适当整修。大社自然村采用白墙红瓦土黄色线条的现代风格；溪东自然村借鉴龙人古琴白墙灰瓦深红色线条的古典风格的；枧头自然村突出白墙红砖灰瓦燕尾脊的传统风格，较好地突出了闽南乡土气息。在村后小山上俯瞰，这里的民居有古典风格的，也有现代风格的，相映成趣。阳光照着它时，它那么明朗；星月照着它时，它又是那般清幽。

“太极图”里，千年卧樟“大树将军”，便是太极圈阴阳双目鱼的鱼眼了。“大树将军”有一个广为流传的传奇。史书《后汉书》中的人物传记，记载了一位名叫冯异的将军。冯异将军一生戎马，为辅助光武帝刘秀平定天下建立东汉王朝，立下赫赫战功。冯异曾在关中平定赤眉起义军，后来到洛阳朝见时，光武帝夸他“披荆斩棘，平定有功”。“披荆斩棘”后来就演变为成语。然而，冯异流芳百世的并不是他的赫赫战功，而是他虽居功而不自傲的胸怀，为人处世谦虚退让的低调。据《后汉书》记载，冯异每回出行与别的将军相遇，都会把马车驶开避让；军队行进停止都有标明旗帜，在各军队中最有纪律。而每当其他将军坐在一起讨论功劳时，冯异就悄悄避开到树下，于是爱戴他的士兵们送给冯异一个雅号——“大树将军”。“大树将军”的美德从此传扬天下。冯异将军不愿接受光武帝的封功授爵，选择了隐居。他隐居的地方就是现在的长泰后坊村。之所以选择后坊，是因为他南下途中远远望见这里的大樟树，走近感觉环境清幽，乡风淳朴，百姓安居乐业，于是就决定隐姓埋名留下来，从此默默地为当地老百姓做好事实事，修桥、铺路。他从未显露自己的将军身份，直到终老。后来，人们看到他留下的红缨枪和旗帜才恍然大悟，原来赫赫有名的“大树将军”生活在他们中间。为纪念他，当地百姓把当年促使冯异将军留下来的那棵老樟树称作“大树将军”，对它关爱有加，每年农历三月十四，都要对“大树将军”进行顶礼膜拜，祈求保佑风调雨顺、五谷丰登、人丁兴旺。郑氏宗祠，正大门八仙桌上供奉的也是“大树将军”。宗祠内的祭桌上屏风上方存有一把红缨长枪和一面旗帜。透过这使我想到，一个人只要为老百姓办些好事，老百姓就会用各种方式纪念他。这就是造化钟神秀、人间重至情吧！

后坊古树多。“大树将军”的位置相对较高，视线十分开阔。可以遥遥与对面的卧樟相望。与“大树将军”相邻的还有一株百年老树——马厝自然村的“夫妻桂花树”，一年两季开花，芳香溢过村庄，久久不散；而上庙自然村一棵已经4000多年的老铁树，是目前已知全国最古老的铁树……古树历经千年，英姿勃发，虬枝尽展，葱郁茂盛，气势不凡。漫步其中，感受最深的还是诗句“下根磅礴达九州，上枝摇荡凌云烟”的精妙。

有古树在，村子就有了切割不断的历史。

后坊村的光阴仿佛就在古庙不动声色的氤氲里流转，从容且平静。建于明朝的溪西宫位于马洋溪畔桥头边，是村民朝觐的天堂。至今保留闽南燕尾翘脊的特色建筑样式，主要供奉王公王母，同时供奉保生大帝吴夲、三国英雄常山赵子龙、佛祖伽蓝公、清水祖师等。古庙长年云雾缭绕。每年正月初二，全宫大小神明游全村；正月初六奉送王妈到灌口洋坑做客；正月十四是保生大帝到青礁进香日。最热闹的要数农历八月二十一，全村上下对宫内供奉的赵子龙共同祭拜，家家户户办宴席，会友请客，畅叙亲情友情。

# 后坊古韵（下）

荷塘听古琴，任一缕缕馨香携着古意涉水而来，漾起一阕曼妙的旋律……

镶嵌在后坊村特有的“太极图”里的古桥，跨越岁月的阴霾屹立在时光之上。当你置身溪岸，旷古时代的桥便远远进入你的视野。据说通往龙人古琴文化村的那座桥梁是年纪最大的“古桥”。仿佛大势所趋，上了这座桥，就一定忘不了去拜谒龙人古琴文化村。古琴，亦称瑶琴、玉琴、七弦琴，为中国最古老的弹拨乐器之一。古琴是在孔子时期就已盛行的乐器，有文字可考的历史有4000余年，被认为是国乐、雅乐、圣乐的代表。一提到古琴，我总会联想到王维《竹里馆》里的诗句：“独坐幽篁里，弹琴复长啸。深林人不知，明月来相照。”

在这里，后坊古韵以另一种方式演绎。2009年，中国龙人古琴文化村正式落户，规划占地约1800亩。它致力于中国古琴的研发、设计、制作，计划投资12亿元，建设龙人书院、制琴教学坊、聚龙阁酒店、琴家山庄等。目前斫琴坊已建成。他们联络世界各地古琴专家、古琴爱好者，与上海同济大学等多所院校合作，开设古琴课堂等，举办古琴文化旅游艺术节，古琴文化的影响力不断扩大。2011年，龙人古琴项目被福建省人民政府列为福建省重点文化产业园区，被列为第六批省级文化产业示范基地；2013年，被文化部列入国家重点文化产业项目。龙人古琴致力打造世界最大的古琴制作基地、古琴文化传播与交流平台。与龙人古琴项目负责人聊起为何在此选址，他不假思索地说：就像古琴，它追求的意境需要好的生态。古琴与后坊古韵正好相吻合。

正值秋天，蹀躞于龙人荷塘，眼前小桥、亭榭、木船、流水、荷花，组成一番绝妙景致。柔腻的风掀动着头顶上蔽日的垂柳，绿池中，舒展开一片浮萍。一支支小荷自水面上直直擎起尖尖的花苞；一朵朵荷花探出荷叶露出粉红的笑靥，在一种无意识的美丽中照亮潜藏在水里的静寂。凝神间，一阵好听的音籁携着一怀馥香涉水而来，漾起一阕曼妙的旋律。初时习习，继而簌簌，再而娑娑，俨然是旧时相识。无须细听，知是斫琴坊传出的古琴《高山流水》。荷塘听古琴，听到的是空灵的与俗世无关的回响。我安然接受着荷花丝丝缕缕的芬芳，享受着天籁里那水晶一般的福泽。抬头西望，斫琴坊就在绿树隐约处。已近黄昏，山岚袅起，风一荡，雾一样沾在白墙，沾在灰瓦屋脊上了。暮色里，造访斫琴坊，多了一份感动与安详。在此实习的音乐学院刚毕业的女生，为我们弹奏了500年前的曲子《良宵引》。当旷远的古琴曲从指间流淌出时，在场的人无不屏住呼吸，古朴、饱满、灵动，古琴曲的纯粹与丰富散发出人类文明的芬芳，宽敞的大厅出奇的静，唯有琴音缭绕……

每个人心中都有一个诗意栖居地，它也许不是你的故园，但它时刻在你的心中，永远不会磨灭……

后坊古韵，太容易，波心荡漾，荡着荡着，便使远离故土的游子生出相思。台胞杨进丁，今年已经90多岁了，1949年以前从厦门来到这里，当时叫“后边社”。淳朴的村民郑水甲收留了他。生活了4年以后，22岁的杨进丁去台湾谋生。一晃半个世纪过去了，他总忘不了这里的一份情意。2012年，儿子到厦门投资兴业，更激活了他的情感，多次到后坊寻找收留他的恩人。脚下那浅浅的溪流依旧鲜活，像是从梦里滤出；再看看那一条窄石板路、那一排石墙瓦房，依旧是千古不变的腔调……只是物是人非，疑惑后多方打听，才知道后坊就是当年的“后边社”，而收留他的恩人早已去世了。2013年4月，他再次来到这里，与恩人的儿子认亲，还不忘在“大树将军”下留影。那样的情致，那样的场景，着实令人感慨。

喜欢旅游的传教士托马斯·库克曾说：“每个人心中都有一个诗意栖居地，它也许不是你的故园，但它应该时刻在你的心中，永远不会磨灭。”由此，我想到了香港同胞、长泰茂林源休闲山庄总经理傅泗利。傅泗利老家在泉州九都镇，8岁时九都建设山美水库，于是随家人移居至长泰县后坊村。后坊村从此成为他的家乡。1988年，傅泗利遵从父母的意愿移居香港，接管上辈从印度尼西亚转移回来的资产。“当时，后坊都是泥巴路，村民们一到下雨天出门都得穿雨靴。”对家乡的落后，傅泗利记忆深刻。到香港后，傅泗利就想好好挣钱，回家修路。后来，他用自己赚到的第一桶金到深圳购买机器，创办拉链厂，慢慢将生意做大。这期间，傅泗利每年都会回后坊看看，捐资修路，慰问村里的老人。每一次回乡都是一次心灵的游历。由于热心家乡公益事业，2006年，傅泗利被推选为后坊村老年协会名誉会长。“每年回来都有新变化。后坊，已经成为全省规划建设的休闲旅行带之一。此时不归，更待何时！我老了，不想再错过！”2011年，傅泗利瞧准机遇，干脆回乡创业，与两个好友共同成立茂林源农民合作社，创办农家乐。他的农家乐理念根植于他多年守护的乡愁。他不仅要让城市人找到农村的感觉，更要让村民实实在在地感受到休闲农业以及现代管理理念给工作、生活带来的变化。有时，傅泗利会亲自到菜园摘摘菜，到竹林喂喂鸡，到池塘钓钓鱼，“农场的食材都是自给自足。农家乐嘛，味蕾的享受必不可少，自家菜园种出来的菜天生就有大自然的清甜！”眼前，茂林源山庄正申报福建省三星级乡村旅游经营单位。

农家乐是长泰田园风光游的一个重要支撑点。在后坊，谈起农家乐，总离不开格林美提子园。正是葡萄成熟的季节，信步园中，但见茂密的葡萄藤以各种姿态蔓延、攀附于支架上，一大串一大串、不计其数的提子从绿叶间垂挂下来，紫的像玛瑙，绿的像翡翠……在阳光照耀下熠熠生辉。许多游客拿着剪刀，提着篮子，剪下各自满意的葡萄，收获着快乐。

提子园的主人郑元庆，从国外引种 100 多种提子，为了在闽南给提子找个合适的“落脚点”，几年来辗转过很多地方，都以失败告终。2009 年初，郑元庆来到长泰，感觉长泰生态很好，特别是后坊村，山清水秀，早晚温差大，土壤肥沃土层深，“生态小气候”很适合提子的生长。于是决定让提子落地生根。郑元庆在后坊村租地 120 亩，规模发展集旅游观光、休闲度假等为一体的提子主题观光园，开始了他的又一次“实验”。试种第一年，园里的各类提子长势喜人；第二年便试营业。如今提子园已小有名气，成了厦漳泉游客喜闻乐道的闽南“吐鲁番”。在提子观光园建设中，10 余种提子在 100 多亩田地大棚中，按种类、季节、板块依次排开，几乎成为提子大观园、科普示范园；园内的低洼地，他就蓄水养鱼，成为游客休闲垂钓区；属边角地的，不适合栽种的，他便临水搭起风情木屋别墅；高起的小土丘，便掘地辟为冬暖夏凉的酒窖，窖藏自酿提子酒……格林美提子园虽然经营时间不长，却已经是福建省乡村旅游三星级经营单位和休闲农业示范点。

信步田埂，果园采摘，品农家饭菜，享垂钓乐趣，体验农耕文化，这一切串起来，便又有了别样的后坊古韵。

后坊在“富美乡村”建设中采撷着古村的情愫，旋转着蓬勃。它确立以生态农业和乡村旅游为主导的生态村发展定位，把全村作为一个大景区、大文化园来规划建设，突出生态文明、闽南元素、乡土气息、田园格调的特色，在村庄布局、单体形态、公共空间等方面下功夫，高起点高标准进行规划建设。如今的后坊村，堪称“福建最美乡村”样板，格林美、茂林源主题休闲农庄园；龙人古琴文化村、中华汉文苑文化创意旅游项目……到处洋溢着丰盈，流动着神韵。后坊，创造了和创造着与都市文化所不同的一种文明、一种美。那份古朴情调，那份泥土所浸润的浓浓古韵，真正够人们理解一生、温暖一生、热爱一生。

## 常常，我想起那条路

常常，我想起那条路，那条名叫“台湾”的路。它沉沉稳稳地驻在闽南漳州唐宋古城历史文化保护区内，像一方镇纸，美丽而凝重。今年6月，以它为代表的漳州历史文化街区成功入选第二届“中国历史文化名街”。漳州这一张多彩的纸上又抒写上了属于自己的历史。台湾路其实并不长，仿佛一眼就能望见尽头；然而，它似乎又很长，长到历经数百年，依然牵引着无数仰慕的目光。

记得上初中的时候，因着一偶然机缘，我到住在台湾路的亲戚家去小住两天。那时台湾路还没什么名气。记忆中那时已临近春节了，蒙蒙细雨中，我撑一把黄色的碎花雨伞，缓慢地走在凹凸的青石板路上，蓦地，一阵清香扑鼻而来，不知谁家的水仙花开放了，香气浮动……顿时感觉自己有点像戴望舒《雨巷》中那个丁香一样的姑娘，只是那个姑娘是“结着愁怨”的，而我却是心情极好地走向亲戚那细雨蒙蒙中的家。那是一栋已有百年的古宅，岁月已在它身上留下风雨剥蚀的痕迹。跨过门槛，走进大厅，那开阔方正的大厅里，简单排列着八仙桌椅，给人稳妥亲切的感觉。淡淡的光影自镂空的木雕窗棂透过来，我和亲戚愉快地攀谈着。这一栋楼是他爷爷的爷爷留下来的，而今又是四代同堂……显然，亲戚家潜沉渊深，是好奇稚嫩的心灵所难以想象的。

因有这一机缘，此后几年，我对台湾路多了几分关注，时常会想起它。

我曾探究过台湾路名称的由来。老漳州人都知道，台湾路以前叫

“雨伞街”，因整条街几乎都是做雨伞的，这个“以前”，后来才了解，那是明末的事了。台湾路是漳州府衙门前的一条横街，古称府前街，也叫府口街，雨伞街只是一个外号。现在，已无人能够了解这条街在什么时候改名为台湾路了，就是亲戚的爷爷也没能说清楚。而对于改叫台湾路的原因，更是莫衷一是，但人们似乎更愿意相信一个比较深沉的说法。据传，这里在古代有讲古场、戏台，许多艺人来这里表演布袋木偶戏，讲述杨文广平闽十八洞等故事。抗日战争之前，许多台湾人、澎湖人来到这里，听到熟悉的台湾歌仔戏，充满依恋之情，久而久之，就把这里称为台湾路了。

我曾细细领略它的建筑风貌。这约一公里的一条路，东段是仿照英国“麦加顿”式建筑的骑楼店面，上楼下廊，富有“西欧风情”；中段是典型的中西合璧式建筑，具有“南洋风格”；西侧一带则是白石红砖、飞檐翘脊的典型闽南民居，展现出浓郁的“中原风韵”……美轮美奂的历史建筑物已成为学者研究建筑史的活教材。每次驻足，这些建筑无不在我的心里引起阵阵激荡，仿佛一股力量正穿越历史，破空而来。我默默伫立，接受这温和的撞击，在若有所悟的深情凝视中，总感到曾属于祖先的建筑，原来如此可亲。

老字号的招牌也不断唤起我的好奇心。“至人药房各色洋货”“有大道华洋杂货”“洛阳楼”“黄合德中外靴鞋”“万圆钱庄”……每一个招牌都有一段故事。老字号天益寿药店是最引人注目的招牌之一。天益寿药店创建于清末年间，至今已 100 多岁。药店创始人姓陈，漳浦赤湖人，少年时代来到漳州谋生，在天宝堂药店做伙计，因经营有方，受到老板赏识，成了乘龙快婿。后来，他在台湾路另立门面，创办天益寿药店。陈老板去世后，4 个儿子继承父业，生意越做越红火，先后投建崇成、崇进学校，并与人合建光明戏院。如今，天益寿药店创始人后裔已有 200 多人，散居在闽南、台湾及东南亚一带。

在绵绵不断的时间长河中，台湾路不断地修葺，不断地演绎新的故事。2004年，台湾路荣获联合国教科文组织亚太地区文化遗产保护项目荣誉奖。历史与文化的积淀，使台湾路的名气越来越大。如今，一拨又一拨的台湾同胞到此游览，寻根溯源。一条路，只要它为这个世界留下一点有价值的文化遗产，不管它自觉不自觉，便成为永恒。

时常，我会想起那条名叫“台湾”的路，那不是故步自封的怀旧情绪，而是对自己根源的认同——那身为中国人的自觉，在心底重又复苏的缘故。时常，我会想起那条名叫“台湾”的路，开始怀一份沉思的心情，走进历史的隧道。漳州有“台湾路”，那么，台湾是不是也有“漳州路”呢？明清时期漳州已有人移居到台湾，他们把原乡地名也带过去了，漳州祖籍地的府、县、乡、村乃至漳州的山川名胜的名称因此植入台湾。漳州有圆山，台北也有圆山；漳州有芝山，台北也有芝山……台湾的漳州地名，包含着台湾漳籍乡民绵延不绝的怀乡情愫……有朝一日，我会漫步台湾的“漳州路”街头，去细游漫品。

# 九龙壁遐思

1992 年 11 月我随九龙江采风组一行，到过一处叫“玉雕走廊”的地方。我们舍车下坡，从一条小径走过去，便看到九龙壁。此时已是早上八九点钟，太阳却有点惨淡，大概是因山中有岚气的缘故吧！放眼望去，九龙壁嵌在大山之中，与山相连，与水相溶。也许因为这里作为风景区尚未得到开发，四周有些荒凉，山风过处芒草萋萋，野鸟发出古怪的叫声，拍翅而起。但是正如美玉蒙尘，终不失其美质，这里的山水自然能供人们赏心悦目，特别是那九龙壁，据说还是华安特有的“稀世之珍”呢！我在这儿驻足良久，只见太阳静静地挂在空中，河水发出幽幽的清光。山下的那一湾河水，仿佛一条银项链镶在九龙壁的脖子上。水的清柔与山上的苍凉，形成一个强烈的反差。也许同行们耐不住沉默，纷纷捡起石头往水里打漂漂。水中的倒影，在波浪中被打破了，波光粼粼，轻轻飘动，顿生“一石打破水中天”的感觉来。由于山光水色的陶冶，渐渐地，我的心情变得闲适与恬静。

我正眼看看，整片“九龙壁”光洁耀眼，岩溶奇貌，垒垒叠叠，千姿百态，犹如古色古香的玉雕走廊，蜿蜒展布。河床岩盘，嶙峋皱褶，宛如江中卧龙。我仿佛从它的身上瞧出了大自然的神韵和气势，仿佛从它身上听到了山的心跳。同行有个人说，它似很久以前被遗落在荒原的图腾。由此想到山民们很早很早便聚居于此，祖先依凭大山写出了日出而作日落而息的全部人生，写出了山村繁衍生息的浓浓的古风。我想没有亘古如一的精神，便不可能有天地万物的滋长。

河岸有头极为逼真的狮子，把人们从冥想中唤回。周围有许许多多漂亮的岩石，灰白、紫褐、殷红，形形色色，耀人眼目。据说，这九龙壁的岩石素有“石宝”之称，可制成高级建筑装饰材料。然而，我发现，同行们最感兴趣的并不在于它的经济价值，更主要是在于它的审美意趣，大家再也耐不住诱惑，临行时纷纷涌入水中，走到边边角角，到处觅觅寻寻，拾几枚岩石回来，想携走九龙壁的神韵、宁静与清幽。我也捡了许多，回去打算找一个大大的盘子，灌上清水，当盆景一样养起，给客人看，给自己看，给有识之士看。

# 南湖之美

如果说九龙江美在流光溢彩，圆山美在柔和怡人，那么南湖，就像是一双清亮的眼睛，注视着周边的世界，安静而从容。

第一次去南湖就被吸引住了。在这车水马龙之地，竟有如此清净自如的地方。一湾湖水，却仿佛又是圆山的延伸，姿态优美，富有层次。

这儿原是一个僻静的湖，茫茫烟波托着一个绿荫馥郁的“小岛”，叆叇绿云里藏着漳州老工业基地的影子。对于这片区域，老漳州人称之为“蜈蚣山下”，面粉厂、油脂厂、制药厂、香料厂、漂染厂、木材厂、电厂……20世纪90年代末，因国有企业和集体企业改制，这些企业老厂房有的转为他用，有的闲置废弃，成了亟待开发整治的区域。

这儿原是一个古寂的湖——南山寺放生池，湖里藏着水藻和鱼群，绿莹莹的水里荡漾着古老的传说，还有冲不淡的记忆。据《龙溪县志·古迹》记载，南山寺原名“报劬崇福禅寺”，唐玄宗开元年间（713—741年）太子太傅陈邕所建。陈邕原籍京兆万年县（今陕西西安），唐中宗神龙年间（705—706年）进士，任太子李隆基的老师，李隆基登基，封为太傅。开元二十四年（736年），因与奸相李林甫不合，被贬谪到福建，先居福州，后迁兴化，最后迁居漳州。他看中九龙江南畔丹霞山麓这块山水秀丽的地方，兴建府第，因为建造形式类似宫廷，且有五个大门，违犯规制，被人密告到朝廷，说“陈邕兴造皇宫，阴谋造反”。皇上派钦差前来查办。听到消息，陈太傅慌了手脚，苦无对策。危急之时，他的女儿金娘让父亲舍宅为寺院，自己削发为尼，以保全家性命。陈太傅只得应允，后来把女儿闺房改为“修真净室”；把府第改为“报劬院”。钦差大臣见所建是寺院不是皇宫，据实复旨，陈太傅被免予问罪。明万历《漳州府志·寺观》卷十二载：“南山报劬崇福寺，在城外南厢，初名延福禅寺。宋乾德六年，刺史陈文颢重修，名‘报劬院’，后改曰‘崇福’，今以报劬崇福并称。元至正九年重建。国朝永乐间修后改院为寺。嘉靖二十四年火，寺僧圆性募缘重建。隆庆元年，寺僧行钦募缘重修。”清康熙《龙溪县志·古迹》卷十一载：“南山寺在通津桥南之右，唐建，乾德六年刺史陈文颢重修。初名报劬，后改崇福，郡守章大任匾曰‘南州法罄’（注：南唐保大四年，漳州刺史董思安为避父名章讳，改漳州为南州），明改为南山寺。”山门匾额“南山寺”三字，为明末乡贤、学者、名宦黄道周所书，是南山寺重要文物。1983 年，南山寺被列为全国 142 座汉传佛教重点寺院之一……

我沿着湖畔走着，近岸绿沉沉的倒影轻吟着水的深邃，远处轻灵的湖光染上撼人的明媚。眼前的南湖，已不再是原来的湖，去年，伴随着漳州高新区启动南湖建设，原有湖面经过拓宽延伸，与蜈蚣湖连通起来了，从此有了落落大方的样貌。这里规划建设一个集休闲健身、文化交流于一体的城市生态文化园区南山文化生态园，项目范围包括九龙江南岸、南江滨路以北，东起中山桥，西至水仙花大桥，东西全长 1.5 公里，其中，南湖景区的整合提升了南山寺周边环境，边上是三角梅主题花海，而老工业基地原有厂房，被打造成艺术化创意园……这样的样貌该是大家闺秀式的美。

南湖的风景，有层次、有脉络，高高低低、远远近近。我用目光寻觅，棕榈树、凤凰树、龙眼树、三角梅亭亭玉立环湖而立，各有姿态，互相映衬。时下正是龙眼树盛花期，一树一树，花满枝丫，花色是淡黄色的，花朵细碎，衬在绿色的枝叶里并不炫目，但仔细一看，这些娇小的花合抱成团，密密麻麻，在阳光照射下，像刚在天空中绽放的礼花，从树下经过，还能闻到淡淡的清香。绕湖而行，繁花一路相送，或浓烈，或淡雅。湖畔盛开的紫荆，同样是一树一树的繁华；驳岸盛开的美人蕉，湖里的睡莲，是一帧一帧的美好。放慢脚步，很容易就有各色花儿闯进视线，也许一下子叫不出名字，但依然会被它们的美丽所吸引。

总是习惯在黄昏时分，穿过彩虹桥、南山桥，徒步前往南湖。很多时候，我会肆意奔跑在这条路上，左右前后空无一人，向南湖一路奔跑着，让全身上下沾满金色余晖。

在南湖，我发现了一处最佳观日点。夕阳将微风抚过的涟漪染成金黄，横跨在旖旎湖面上的拱桥，与圆山落日构成一个无限美好的画面。喜欢看日出的人很多，或许因为象征着希望，美好的一天即将开始，而我却偏偏喜欢观赏日落，因为它象征一天的完结。在我眼里完结也是开始。日落的震撼，并非在于落幕的瞬间，与日出那种喷薄而出的气势不同，落日并非一蹴而就。日落圆山之后，夜色像极了正在渲染的水墨画——当深蓝的夜色无限扩大，便会蔓延至天际的那抹落日红，两种颜色小心翼翼地邂逅，然后融合，于是在我眼前出现了一大片绛紫，那是一种无法言喻的色彩，既低调，又华丽。在绛紫的目送下，落日在湖面尽头踟蹰，刹那间归入圆山。此时，静谧在这里凝固了，清新在这里凝固了，南湖呈现出特有的清幽气韵。

南湖温婉宜人。有人在这里放风筝，有人在这里遛小孩，有人在这里聊天，有人在这里写生……我喜欢南湖，喜欢散步在湖边，喜欢在油画般的笔直的棕榈树前静坐，诗意流淌中，熏染一身时光的余烟，然后缓缓而归。

# 第二辑　体味诗意

# 多少情怀合收藏

过年指的是过农历的新年。在闽南漳州，除夕年终称为“年兜”。人们平常都是使用公历计日，可是“年兜”一到，却不知不觉改用农历了。谁叫这样做的？不知道。反正只要改用这样的历法与称谓，过年特定的内容、含义、情感与滋味便油然而生。此时，人们会通过千百年来集体创造并衍传至今的一系列民俗方式，如祀神、祭祖、团圆饭、守岁和拜年等，把心中的亲情、乡情、感恩之情、祈福之情尽情地表达出来。

过年是美好的，它之所以美好，首先在于它能够让人们干净与喜庆。母亲是个比较传统的人，把过年看得很重。传统是一根埋在心田深处的扯不断的弦，这根弦一到“年兜”就被翻出来了，拂去尘埃，轻轻一碰就铮然作响，余韵悠长。在这根弦的伴奏下，母亲开始忙碌开了。先是“清土分”。漳州人除尘叫“清土分”，在农历十二月中旬便开始了；如果碰上这年有闰月，十一月就能进行。母亲会选择在阳光明媚的休息日除尘。一大早母亲就把我们从被窝里赶出来，草草吃个早饭，接着全家总动员，把衣物被褥、瓶瓶罐罐，全都倒腾到院子里，然后用特制的笤帚，即一条红纱线把干净的竹叶和扫把扎在一起，穿在一支丈把长的竹竿上，开始清除屋顶房梁的蜘蛛丝、灰尘，清洗地板。等房屋内外打扫完后，就开始浣洗蚊帐被褥，清洗炊笼、盛篮、杯碗、盘盏……过年既是精神性的，也是物质性的。购买年货是必须的。母亲会倾尽全力准备尽可能多的食物，平日少见的花生、瓜子、糖果这个时候应有尽有；年糕、油炸食品在除夕前几天就冒着香气准备停当了。而且这些食物都不允许吃，要留到真正过年那天才能吃。母亲严格按照春节期间不生烟火预示来年不再辛苦的习俗，因此，过年对我来说又多了一重苦尽甘来的含义。最令我激动的是母亲在晚上赶着为全家人缝制衣服。母亲是个要强的人，无论日子过得多么艰难，她都要给全家每一个人准备一身新的或者干净的衣服、一双新鞋子、一双新袜子。她手很巧，只要在衣服破损处缝上一块颜色相宜的布，就能让旧衣服重焕光彩；或用大人的旧衣服改小了变成孩子的新衣服……

祭祖是过年一个十分重要的节目。传统文化讲究宗族的庭训、门风、家规、家传、家教、家学、家史……我们常说的文化传承，不是靠打造，而是细水长流汇合而成，宗祖和家庭就是最基本的链接。儿孙福自祖德来，这是闽南漳州最为广泛的因果认同。大年期间的祭祖表达了一种古人对祖先的理解：祖宗是你快乐的源头，祖宗和后代之间有一种深层的隐秘的逻辑关系，甚至人们会把一切好运的到来都归为祖上有德。《朱子家训》有言“宗祖虽远，祭祀不可不诚”，并且把它置于“子孙虽愚，经书不可不读”的前面，以此呈现一种并列关系。从这个意义讲，过年的祭祖，既是感恩，又是祈福。大年早上，亲戚们不约而同到祖厝厅堂来了，在祖父母的照片前，摆上三牲、水果等贡品，恭恭敬敬上香。古老的说法，点上线香，祖宗的魂魄就会回来。缥缈缠绕之中，自会生发出一股庞大的能量，再骄奢专横之辈，面对那袅袅娜娜的一缕，也不禁会生出敬畏谦卑之心。漳州人珍重骨肉亲情，鄙视六亲不认。长辈们手把手教我们向老祖宗上香，不许有任何嬉皮笑脸不恭之态。母亲让我向列祖列宗说些崇敬的话，并说说全家人的愿望。缕缕馨香之中，仿佛穿越时空隧道，上与逝去的亲人对话，下与不可知的未来沟通。既然儿孙福自祖德来，托庇于祖先保佑则是千家万户再自然不过的心愿。

团圆是过年的第一主题，也是最重要的情怀。由于过年是一种标志除旧迎新的节日，人们对团圆的心理要求便格外深切。这让我感觉，过年其实是一个最响亮的集合号，这个集合号看不见、摸不着，却有着无与伦比的号召力、凝聚力，使人心往一处想、脚往一处迈。在外的游子都一定要在年前赶回家，不管是在外经商、打工，还是当官、上学，除非有什么天大的事情，大多要赶回家享受那份除夕亲人团聚的过年氛围。我从来没见过爷爷，也没见过外公。在父亲很小的时候爷爷就已经过世，所以，父亲对奶奶特别牵挂。“年兜”，如果自己回不了故乡，就必定会写信给奶奶，要她过来相聚。奶奶也会在我们的期待中，山一程水一程，在除夕前赶到。至今依稀记得奶奶一身盛装，提着装满年糕的篮子，发髻上插着红色春花，笑容盈盈地出现在眼前的情景。母亲是独女，外公侨居南洋，外婆一直与我们生活在一起。围炉了，外婆总会在一张空椅子上放置一件外公的衣服，并在桌上摆着一副空碗筷，期待外公来年回家相聚。过年团圆情怀使所有的家都变成情感的磁场。一家人围着一张桌子吃团圆饭，合家欢聚，尽享孝道以及手足、夫妻、子孙之情，而每一次全家欢聚，又加深了这团圆的情怀。

除夕的压轴戏是守岁。围炉以后，奶奶、外婆一边话家常一边洗碗筷；母亲开始展示家人的新衣服，给我们兄弟姐妹发红包（压岁钱）；父亲则教我们下象棋，讲故事话三国。正如宋袁义《翁牖闲评》所说：“守岁之事虽近儿戏，然父子团圆，把酒笑歌，相与竟夕不眠，正人家所乐为也。”那时候我虽小贪睡，但一想到守岁通宵能使父母长寿，硬是坚持住了。

拜年，是过年期间最为盛行的一种民俗。柴萼《梵天庐丛录》载：“男女依次拜长辈，主者牵幼出谒亲友，或止丁遣子弟代贺，谓之拜年。”家家户户互相拜年是孩子们最乐意做的事情。大年初一天刚刚亮，奶奶早早就叫醒我们了。我掩饰不住亢奋的心情，迫不及待地穿上新衣服。那冰冷的、新浆的衣服贴到皮肤，感觉妙不可言。此时，外面此起彼伏的鞭炮声更让人感到悦耳与惬意。早餐是一碗甜面线或汤圆，早餐后，在鞭炮火药味弥漫的空气里，奶奶带着我们去拜年了。我们每拜完一家，这家的小孩便加入了拜年行列，孩子们簇拥着奶奶在邻里之间穿梭。渐渐地，队伍像雪球一样越滚越大，最后哪家都容不下了，拜年仪式也结束了。这时，一群孩子便快乐地玩起来了。没有人会催促我们回家吃饭，因为父母知道我们肚子饿不着；而即使这个时候犯任何过错，都不会被深究；此外，父母还尽可能满足我们的各种要求……这真是童话般的美好时光。

从正月初二开始，便有一股串亲潮。舅舅家要去，姨家要去，姑家要去；结了婚的，岳父母家更要去。在漳州，初二有请女婿的习俗。这一天，稍感异样的是街道。你或许会发现，平日里一天之间，街上行人的密度规律是由上下班时间决定的，而这一天，则与普通作息时间无关。有时，熙熙攘攘；有时则空空荡荡。熙熙攘攘是因为人们出门回娘家，大群小群，大包小包，衣着光鲜，喜气洋洋；空空荡荡则是那个时间里，人们全窝在家里吃饭喝酒聊天请女婿。最热闹的是女儿多的人家，几个女儿，都要带姑爷小孩回娘家，把外公外婆乐得合不拢嘴。母亲有一个干女儿，年龄很小就结婚了。初二这天，小夫妻就会按照习俗到我们家拜年。他们带了鸡、猪肚、鳖，最开心的是还为我带了红柑。他们会待到夕阳西下才离开。临别，母亲拿红龟粿让他们带回去。直到现在，家里还保存着当年做红龟粿的模具。

在漳州，拜年有一些禁忌，如果家里有丧事不足一个月的人，不能去别人家里拜年。而初三是“赤狗日”，这一天不互相串门。

拜年演绎了亲情，演绎了乡情。先拜长辈后拜同辈，先近邻后远朋，然后逐渐扩大，从旧友到新朋。不知不觉中年节结束了，人们又纷纷回到各自生活和工作的地方。

在外婆的眼里，过年过的是希望的年。记忆里，过年祈福的事情全都由外婆来主持。她把美好的愿望寄托在团圆饭菜谱里了。菜谱里有寓意，每年必有的比如肉丸、鱼丸汤，意味合家团圆；闽南方言“鸡”与“家”谐音，整盘排成展翅状的白切鸡，寄托着“食鸡起家，展翅高飞”；一条清蒸鱼，表示年年有余；萝卜，闽南方言“菜头”，吃了有“好彩头”……少不了血蚶，吃完把蚶壳放到床铺下，象征过年有钱财；甜芋泥，意在往后日子甜蜜蜜。外婆对土地、菩萨、灶君诸神十分虔诚。闽南漳州传说农历十二月二十三这一天，土地、菩萨、灶君要向玉皇汇报人间所行的善恶情况，所以人们要焚香设祭，表示与神饯别，希望他们到天庭多说好话。诸神上天汇报以后，在初三深夜回归。对外婆来说过年最隆重的事情是接神。初四早上，外婆早早起床，开门放了三响炮，然后开井盖汲水，洗刷。邻近中午摆上三牲、水果，点上线香，最后烧“云马”纸以上天接神，祈求赐福。依稀记得“云马”纸上印有马、轿、轿夫等图案。此时的外婆神情肃穆。不管一年里有多少失望与遗憾，“年”就像一盏灯笼，把外婆心里美好的愿望点亮。不管今年的希望明年是否落空，外婆每年都是这样认真、虔诚、执着。唯有希望能使生活充满魅力。

初五意味着年假已过。随着初五的到来，街上鞭炮声此起彼伏，店铺随之陆陆续续“开市”了。我的三叔公那时做小生意，卖的是小孩子的零食小吃，也挑着担子出门摆摊去了，担子悬挂着父亲帮他写的“大吉利市”“开张大吉”红纸条幅……三叔公人缘很好，这一天，顾客购买的东西全部用红纸包，而第一个顾客可以享受半买半送的优惠。

“年”其实就是一种生活情感。漳州谚语：“初一早，初二早，初三睡到饱，初四接神，初五假开……”这是生活在这片土地上的人们共同创造与认定的年俗，它所包含的情怀成了漳州独特的精神基因。

## 生命与心灵在大地上的投影

在我看来，名人故居是一座城市的历史文化生态，也是城市精神不可或缺的人文基础构成。它涉及人的心灵，能够让人们多一些记忆的追溯。探寻名人故居，人们可以清晰地看到那些名人当年的生存状况、思想状况，进而可以了解一个时代变迁中的历史人文风貌及发展轨迹。带着几分崇敬，几分激动和几分探秘的心情，我走进台北林语堂故居，去领略这位文坛巨匠的风采。

林语堂是从漳州走向世界的文学大师，是漳州人的骄傲，也是中国文坛的骄傲。作为漳州的历史文化名片，林语堂早已在我心里成为一个亲切的名字，他特有的人生智慧，就像一条向时间深处前行的文化之河，铺展在历史之流上缓慢而坚实地流淌，成为精神家园的活水，让我们慢慢品味取用。

故居清幽简约，人文气息厚重，体现出中西合璧的那份古朴，可以感知林语堂先生的人生智慧——善于从大自然得到心灵滋养，获得心灵超越。先生说过："让我和草木为友，和土壤相亲，我便已觉得心意满足。我的灵魂很舒服地在泥土里蠕动，觉得很快乐。当一个人悠闲陶醉于土地上时，他的心灵似乎那么轻松，好像是在天堂一般。事实上，他那六尺之躯，何尝离开土壤一寸一分呢？"

林语堂先生的祖籍地在漳州芗城区天宝镇五里沙村，他的父母都墓葬于此。1936 年 8 月，林语堂移居美国，晚年思念家乡，却由于种种原因只能选择定居台湾，与家乡隔海相望。初到台北时，他在阳明山上租了一幢白色的花园住宅。1966年，就在白屋斜对面，亲自设计了一栋新宅作为安居之所。

众所周知，林语堂先生的独到之处就在于能够很好地融合中西方文化，故居恰好体现了这样的风格。它以中国四合院的架构模式，结合西班牙式的设计取向，兼具东、西方风格，融合了现代感与古典美，倾注着他的“人不能离开自然”的理念。

在《论树与石》中，林语堂先生阐述了他关于建筑、树木与石的审美评价：“中华传统建筑为木构架，屋顶尤其引人注目，它体形硕大，曲面形，四面屋檐两头起翘，形成一条曲线，‘如鸟斯革，如翚斯飞’，视觉效果特别明显，华美壮丽，‘上尊宇卑，则吐水疾而溜远’，雨水从屋顶流下，会被排得更远，从而使木构免受雨水浸袭，且便于采光和排水。屋身运用的是木构框架承重结构体系，轻盈灵透，可以随意装设拆改，更换构件。处处体现了建筑与自然的和谐统一。”

“中国园林是‘天人合一’哲学思想的物化，营造了最佳人居环境。追求天趣是中国古典造园艺术的基本精神，把自然美与人工美高度结合起来，将艺术境界与现实的生活融合为一体，形成一种把社会生活、自然环境、人的情趣和美的理想交融在一起的可居、可游、可观的现实的物质空间。中国古典园林的空间构成手法灵活多变，藏露旷奥、疏密得宜、曲径通幽、柳暗花明，令人目不暇接。建筑的自然化是中国园林的营构理念：‘危楼跨水，高阁依云’‘围墙隐约于萝间，架屋蜿蜒于木末’，山楼凭远，窗户虚邻，栽梅绕屋，结茅竹里，建筑或面山，绿映朱栏，丹流翠壑，或临水，飞沼拂几，曲池穿牖，水周堂下。‘它希求人间的环境与自然界更进一步的联系，它追求人为的场所自然化，尽可能与自然合为一体。它通过各种巧妙的‘借景’‘虚实’的种种方式、技巧，使建筑群与自然山水的美沟通汇合起来，而形成一个更为自由也更为开阔的有机整体的美。连远方的山水也似乎被收进在这人为的布局中，山光、云树、帆影、江波都可以收入建筑之中，更不用说其中真实的小桥、流水、‘稻香村’了。”

基于这样的情愫，林语堂先生设计这栋故居时，处处体现建筑与自然的和谐统一，就是在家里，他同样可以享受大自然的恩惠。

林语堂先生对自己设计的新居充满了憧憬，他说：“我要一小块园地，不要遍铺绿草，只要有泥土，可让小孩搬砖弄瓦，浇花种菜，喂几只家禽。我要在清晨时，闻见雄鸡喔喔啼的声音。我要房宅附近有几棵参天的乔木。”

从西式拱门走进，穿过回廊，可见透天中庭，西班牙式螺旋廊柱别具一格。庭院的一角，翠竹、枫香、苍蕨、藤萝等植物与造型奇特的石头，营造出一个小鱼池，映衬了中国特有的文人情怀。他常坐在池边的大理石椅上，享受“持竿观鱼”之乐。

水池的边上，就是林语堂先生的书房，书桌不大，透过书桌前面的两扇窗户，可以看到嶙峋有致的石头和一棵高大的含笑花树。先生是一个爱书的人，书房的藏书他每本都阅读过。他认为自己见解愈深，学问愈进，就愈能读出书中的味道来。林语堂先生写作非常勤奋，他说：“写作的时候，也是我最快活的时候。”据介绍，他经常清晨 6 点开始，连续写作 10 多个小时。他一生写了近 60 本书，大部分以英文写作，向世界介绍中国，也向中国介绍世界。世界上出版的各种版本的林语堂著作约 700 多种，其中《生活的艺术》一书在美国多次再版。走廊的墙上，贴着林语堂的长长的著作年表。

餐厅的位置，如今已成为供参观者吃饭喝茶的空间，被命名为“有不为斋”。所谓“有不为”者，代表了先生的处世哲学，意思是世上有些事是他所不屑做的。穿过餐厅，推开木门，来到阳台。这一处小巧的空间，如今摆放着木质小桌与藤椅，是视野极佳的地方。林语堂生前常来的地方，站在阳台上，凭栏远眺，山峦起伏，风光无限。他曾写道：“这里可以远眺观音山景，俯瞰天母、北投。可亲近树梢枝头，和上面的鸟声虫鸣。适合冥想，将尘嚣及俗世都踩在脚下。”“黄昏时候，工作完，饭罢，即吃西瓜，一人坐在阳台上独自乘凉，口衔烟斗，若吃烟，若不吃烟。看前山慢慢沉入夜色的朦胧里，下面天母灯光闪烁，清风徐来，若有所思，若无所思。不亦快哉！”

……

先生认为“大自然本身始终是一间疗养院。它如果不能治愈别的疾病，至少能够治愈人类的狂妄自大的病。”“这样我们便变得伟大起来，像大地和穹苍那么伟大。”这种大自然的达观滋养了胸怀，使他能够带着宽容的诙谐幽默度其一生，逃开功名利禄的诱惑，而且也使他能够接受命运给予他的一切东西，享受人生的小情趣。

林语堂先生对自己设计的居所十分得意，用他的妙笔描述：“宅中有园，园中有屋，屋中有院，院中有树，树上有天，天上有月，不亦快哉！”。

大自然滋养人的心灵。“大自然的景色、声音、气息和味道，与我们的视觉、听觉、嗅觉、味觉等感官之间，是有着一种完美的，几乎是神秘的协调的。这种宇宙的景色，声音和气息与我们的知觉之间的协调，乃是极完美的协调……”在城市待久了，我们需要走进田野，走进自然。陶渊明曾有“久在樊笼里，复得返自然”这样的感叹……无论是一缕晨曦还是一洼湖水；无论是盛开的鲜花还是晶莹欲滴的水珠，一切都是那样平凡，那样可爱。难怪林语堂那样执着钟情于故乡的泥土，津津乐道于自由嬉戏的村童。因为在那里，可以找到自然，自然才是最好的精神家园。

自传中，对自己的思想和经验做分析时，林语堂觉得，对他影响最大的一直都是童年的生活：“在造成今日的我之各种感力中，要以我在童年和家庭所身受者为最大。我对于人生、文学与平民的观念，皆在此时期得受最深刻的感力……如果我有一些健全的观念和简朴的思想，那完全是得之于闽南坂仔之秀美的山陵。”无数读者喜欢他所提倡的轻快随便、崇尚自然和闲适的生活哲学，并对他这些思想的来源感到好奇，对此林语堂回答说，这些都是坂仔的高山带给他的影响，它们给予他一种“高地人生观”。

作为一个简朴的农家子，童年时光与大自然的亲近，成为林语堂一生知识和道德的至为强有力的后盾。“如果我会爱真、爱美，那就是因为我爱那些青山的缘故了。”当他漂泊在外时，故乡仍然藏匿于心中，与生命融为一体。

语堂故居其实不单单只是一栋房屋那么简单，它是林语堂先生生命与心灵在大地上的投影，它留下的是影响世人的精神与时代审美。林语堂先生在这里度过了他人生的最后十年。这里的一砖一瓦，一草一木，都煽动着他智慧的羽翅，无言地诉说着他的思想。“昔人已乘黄鹤去，此地空余黄鹤楼。”虽然先生已离去，但他智慧的火花，依然散落在院子的每一个角落，留下永不泯灭的光芒。为了让林语堂家乡的人们近距离感受林语堂台北故居的容貌，方便林语堂文化研究，今年元旦，芗城区建成林语堂台北故居仿建工程。仿建工程位于天宝镇珠里村，与林语堂纪念馆直线距离才 290 米，视野十分开阔，可俯瞰故乡五里沙的村貌，感受香蕉海的秀美。

不进入林语堂的文字世界，哪能懂得在历经风雨与磨难以后，他的生命为何会表现得如此儒雅与柔韧？不进入语堂故居，哪能感知语堂的人生智慧？“顺应自然，循着四季，顺应内心自在地生活”，语堂文化，自有它的存在逻辑。

# 读书是对内心不间断的唤醒

我读林语堂，因为他是著名的作家、学者、翻译家、语言学家，是世界级大师，更因为他是从我的家乡漳州走向世界的文化名人。林语堂一生曾三次被提名诺贝尔文学奖候选人；他的《生活的艺术》一书在美国重印40次，并被译成英、法、意、荷等国文字，成为欧美各阶层的“枕上书”。他学贯东西，满腹经纶，“两脚踏东西文化，一心评宇宙文章”是他一生的写照。丰厚的学养除了得益于自身的天赋条件外，还在于他有着与众不同的读书观。

一直记得大师有关读书的经典句子：“开卷有益，掩卷有味”“智者阅读群书，亦阅历人生”……虽然大师强调读书没有什么可以训诫的，但我还是能够从他有关读书的经典句子中得到启发、找到共鸣。

读书理应贯穿我们的一生。小时候爱看绘本、童话、寓言，大一些看言情、武侠、人物传记，慢慢地，随着《论语》《道德经》《红楼梦》等经典进入视野，我们的时间、空间和思维就逐渐变得丰富多彩。

大师在《生活的艺术》里有一段精辟见解：“世上无人人必读的书，只有在某时某地、某种环境，和生命中的某个时期必读的书。我认为读书和婚姻一样，是命运注定的或阴阳注定的。”只看了一遍，我就永远地记住了。记得许多年前的一个黄昏，独自游荡在书店，漫无目的。书太多了。我怀着莫名的渴望与焦虑，不断打开那些厚厚的书，又不断合上，仿佛一次次被拒之门外。不多久，我邂逅了卡尔维诺编的《意大利童话》和《格林童话集》。一个人在成年以后读童话，除了特别的爱好，大多数是因为已为人父母，需要夜复一夜，为孩子读故事了。不料，翻开《意大利童话》，首篇《勇敢的约翰》一下子就把我给吸引了。小约翰天不怕地不怕、鬼不怕神也不怕，最后他终于有了成罐成罐的金子，吃不完的香肠和啤酒，什么都有了。结果有一天，他突然发现自己的影子，害怕极了。“他被自己的影子吓死了。”结尾这么说。我描绘不出当时读这些童话的心情，我惊讶了，在简单而天真的叙述里，童话竟含有比预言、巫师的咒语更神奇也更真实的思想。试想，一个小孩，躺在温暖的床上，听妈妈读童话，满脑子都是奇妙的想象，以为那就是长大将要进入的世界。那个世界是公平的，好人终归会战胜坏人，小红帽总是打得过大灰狼，灰姑娘也终于可以与王子幸福地生活在城堡里……那些为了实现这个理想所经历的磨难，都因为胜利而变得非常浪漫，一点儿也不觉得苦。就是这样古老的“好人有好报”的故事，使天底下所有肤色的孩子都能听懂，都愿意听。或者说，孩子牢牢记住了这些故事，在成长的过程中，终于有一天会突然悟出其中的奥妙。简单的故事，有着无法想象的寓意性。为孩子读童话感觉非常美妙，一次有一次的见解和收获，一次有一次的感受和领悟。

读者与书本心性气质相投，是大师第一注重的。他力争读者的自由，反对被人强读书。“书不可强读，强读必无效，反而有害。”大师说读书最重要的就是找到和自己品味相投的作者，“谁是气质与你相近的先贤，只有你知道，也无须人家指点，更无人能勉强，你找到这样的一位作家，自会一见如故”。读书是最自由的会话，是在与人格上令你钦佩的人交谈。找到那些和自己精神上能够相通的书，读的时候才能体会精神上飞翔的感觉。当书开始说话，听懂的不只是内容，还有语调、节奏，以及气息的流动。与一位画家朋友聊读书的好处，他说，在生活中遇到不开心的事情，积压在心底，久久不能释怀，或者创作中找不到灵感，他就会翻开书阅读，或许读到某本书中的一段文字，甚或是一句话，一下子就豁然开朗了。

原来，读书的目的不是别的，它是对我们内心不间断的唤醒，它给我们的不单单是知识，而是生存的自信，当一些梦想破灭，可以慢慢积蓄能量，重新生起。

读书，使我们保持一份人性的敏感，永不会在疲惫或亢奋的生活中，变得麻木不仁。因为书能够带我们到达平常到达不了的地方，让我们看到他人也有一颗跳动的心灵，领悟到擦肩而过的陌生人，或许也在经历与我们自己相似的痛苦与欢乐、勇敢与恐惧。林语堂在《名人谈读书》中说："读书的意义是使人较虚心、较通达，不固陋，不偏执，读书的目的在于应用。""虚心、通达、不固陋、不偏执"指的是为人处世的豁达。读到一本好书，就如同品尝到醇厚可人的甘泉，泉水流经的地方，绿草如茵，花团锦簇，一派盎然的美景，令人心旷神怡，无疑能够涤荡灵魂，升华精神，变得豁达。所谓豁达，就是在自己失去某些东西之后，能够用一种开放乐观的心态来对待自己的生活；就是当别人批评你，指正你的错误的时候，你可以承认自己的错误并加以修正，不会因为别人指责你的错误而感到愤怒。豁达实际上意味着对自己的精神有充分的自信——这正是一个读书读出自己性灵的人应有的自信。

"读书没有合宜的时间和地点，一个人有读书的心境时，随便什么地方都可以读书。"经常是买回一本书，却没有时间细读，可我会先忙里偷闲翻上几页，看它个只言片语，反复体味、细细琢磨。如果是小说，更感觉它话里有话、音里有音，可以断章取义从中间看两眼，同样看得进去，这就是语言本身的魅力……如今，闲暇的时候依然会抱着一本书，依在舒服的沙发里慢慢翻阅，忘记时间空间，当手指轻轻划过那些书页，心里有一种说不出的惬意。

# 蕉园里的语堂情怀

香蕉树，它不是树，是芭蕉科巨型草本植物。瘦瘦的，亭亭玉立的形象。风吹着满园的蕉叶，簌簌作响；急雨敲打着它，滚圆的水珠落在挺挺的蕉叶上，沙沙有声……风雨中的蕉园，原是个音乐的世界。自从有了林语堂纪念馆，芗城天宝镇珠里村的这一片蕉园，吸引我的已不只是它的音乐感，而是它与语堂文化相融合的格调与气息。

北靠天宝大山，南向九龙江，蕉林环抱处，珠里村若隐若现。珠里村是驰名中外的天宝香蕉主产地，汉朝时期，这一带就开始种植香蕉了。站在珠里村的制高点天宝阁俯瞰四周，五里沙、珠坑、后坑 3 个自然村呈三角形点缀在蕉园里。据介绍，珠里整个村有 2300 多人，其中就有 1000 人种植香蕉。为了推广优质品种，村里搭建了目前国内唯一的香蕉品种园。盛产香蕉的五里沙是林语堂的祖籍地，是其祖辈生活的地方。父亲林至诚在这儿度过了青少年时代，而后被派去平和坂仔镇传教，辗转 30 年后，又回到故地度过晚年，最终安葬在蕉园中。

林语堂一生充满传奇色彩，有着卓越的文学成就。为纪念这位世界级大师，2001 年，芗城区政府建成了大陆第一家林语堂纪念馆。纪念馆就坐落在其父母长眠的虎形山上，蕉林环抱，与墓地咫尺相依。后来又在纪念馆边扩建了 A、B 两幢圆楼，充当图书室和活动室。左边园楼一楼为林语堂文学院，经常举办作家座谈会、采风等活动，成为一道文学风景线。

为了充分发挥“林语堂”和“天宝香蕉”两大地域特色名片效应，

2012 年，芗城区在珠里村依托千亩绿色蕉园，启动林语堂文化园项目，规划建设占地面积 1600 亩。随着“富美乡村”建设全面启动，林语堂文化园配套项目建设持续展开……

我怀着敬仰的心情走进林语堂纪念馆。

81 级花岗岩台阶暗喻林语堂享年 81 岁。登上台阶，首先进入眼帘的是高约 2 米的坐式林语堂青石塑像，先生身着长衫、手持烟斗，神态飘逸安详，栩栩如生。坐像由中国著名雕塑家李维祀教授设计制作。李教授依照照片完成，连脑后的反骨都做得惟妙惟肖，令林语堂的家人惊叹不已。塑像背后是纪念馆，正面墙上“林语堂纪念馆”沉甸甸的 6 个大字，由中国书法家协会主席沈鹏题写，感觉情深韵远。纪念馆主体则借鉴台北林语堂故居的建筑风格，半圆形二层建筑，体现林语堂中西合璧的思想。

馆内展出了 100 多幅珍贵照片、200 多本书籍及一些林语堂用过的旧物，引人遐思。

在纪念馆展出的资料里，我了解到林语堂儿时生活在一个贫寒的环境里。父亲在五里沙度过了他的青少年，后来做了教会的牧师，母亲是农家妇女。山乡风情让幼时的林语堂“天真、率直和自然”。

在纪念馆展出的资料里，我惊讶于林语堂不仅仅是文学大师，他也有科学的一面，竟然还是一位发明家！他曾有多项发明，拥有三项美国专利。他发明的中文打字机，在当时是世界唯一的。可惜由于战乱，发明未能得到推广。在台湾林语堂故居，保存了林语堂的中文明快打字机、自来牙刷、自动打桥牌机、自动门锁、英文打字键盘等模型、照片、设计手稿以及申请专利的信函，由此可见林语堂的科学创意与发明巧思。因为教学与写作需要，他晚年耗尽心血编写了一部当代英汉词典，这部词典至今仍在发行与使用。

在纪念馆展出的资料里，我读懂了林语堂对故乡的眷念。此时，讲解员正在朗读林语堂晚年编写的闽南方言五言诗：“乡情宰（怎）样好，让我说给你。民风还淳厚，原来是按尼（如此）。汉唐语如此，有的尚迷离。莫问东西晋，桃源人不知。父老皆伯叔，村妪尽姑姨。地上香瓜熟，枝上红荔枝。新笋园中剥，早起（上）食谙糜（粥）。胪脍莼羹好，呒值（不比）水（田）鸡低（甜）。查母（女人）真正水（美），郎郎（人人）都秀媚。今天戴草笠，明日装入时。脱去白花袍，后天又把锄。黄昏倒的困（睡），击壤可吟诗。”动人心扉。1966 年林语堂定居台湾以后，听到乡音备感欣慰，听乡音成了他最大的人生享受，到了晚年，按闽南话语音写了这首五言诗，甜美地回忆和描述家乡的民风民情……林语堂先生热爱家乡，在他的自传和许多著作中一再提到家乡，满怀深情地描绘家乡的水光山色和风土人情。76 岁时大师写的《我的家乡——漳州》中说：“我经常思念起自己儿时常去的河道，听河水流淌的声音，仰望高山，看山顶云彩的变幻。”

……

林语堂文化底蕴之丰富，深深震撼着我。

离开纪念馆，沿着 2.65 公里的蕉园观光木栈道，去寻觅林语堂的文化元素，目光所及，是层层叠叠的香蕉树，美不胜收。

据介绍，栈道观光带为“8”字双环状回路布局，有水平栈道、缓坡栈道、登山栈道三种类型，架高在 1—5 米之间，宽 3 米，净宽 2.5 米。此外，观光带还建有登山道 1.48 公里、临江步行道 1.5 公里，配套的天宝阁、悠然亭、和乐园、心月湖、翠竹园等 16 处景观点与林语堂纪念馆连成一线。语丝咖啡、烟云茶馆、不亦快哉亭，用林语堂的作品命名，语堂文化与场地文脉巧妙融入栈道中了。

栈道上每隔一段都有一根红柱子吊着指示牌，有趣的是吊着的指示牌造型竟然是烟斗。这一精心设计的指示牌，不由得使人联想到林语堂与烟斗的情结。林语堂先生喜欢烟，说尽吸烟的好处。“饭后一支烟，赛过活神仙”便出自他。他嗜好收藏烟斗，所藏烟斗五花八门，令人眼花缭乱。这些烟斗除少数是他的亲朋好友赠送之外，绝大多数是他自己从世界各地搜集来的，经常把玩，乐在其中。林语堂作品的字里行间，不乏缭绕的烟雾。

水平栈道蕉园里，一尊人物群雕格外引人注目——少年林语堂与他的父母。雕塑名为“山乡孩子”，创意源于林语堂儿时记忆。林语堂的童年生活在“中国香蕉之乡”平和坂仔。在林语堂的作品里，坂仔是一个充满神秘感的山村。从《四十自叙》到《八十自叙》，曾不止一次强调他的思想、观念、个性的形成，“完全得之于闽南坂仔之秀美的山陵”。林语堂把儿时的自己称作“山乡孩子”。“让我和草木为友、土壤相亲，我便已觉得心满意足”。故乡的山山水水成了他一生取之不尽，用之不竭的精神源泉。

当语堂文化邂逅蕉园，便散发出别样的魅力。

林语堂说过：“一般人不能领略这个尘世生活的乐趣，那是因为他们不深爱人生，把生活弄得平凡、刻板，而无聊。”闲暇时，我会如约去林语堂文化园，眺望一望无际的蕉园晨曦——晨光熹微，淡淡的雾缠绕在碧绿的蕉叶，渐渐抹上一点微红；凝眸斜阳晚霞下层层叠叠蕉园绿意，领悟语堂情怀。

# 家乡的“克拉克”瓷

我一直对不爱瓷器的人怀有一点偏见，认为那是由于生气不足和对美的感觉迟钝所造成的。在我眼里，瓷更多的是一种文化符号。在家乡闽南漳州，有一种瓷叫漳州窑“克拉克”瓷，它在明清时曾远涉重洋，与海外贵族为伍；而今，跨越400多年后，它又成为海峡两岸一家亲的重要物证。2011年7月，20件“克拉克”瓷艺术品被送到台湾台南郑成功文物馆，永久性展出。

对瓷的喜欢源于儿时。那时家里有几套不同时令的日用陶瓷餐具、茶具，换季时外婆便忙开了，洗洗刷刷，铺开的碗盘上精美的图案便哗地进入我的视线，安静而优雅地接受我目光的抚摸，隐约间有“花”，有“福”，又有“寿”，好不热闹。印象最深的是一只大瓷盘，那是春节时盛瓜果用的。斑斓的色彩在盘里生了根，开了花，浩浩荡荡，好像含了一种俗世的天真。外婆总是小心翼翼地擦拭，百般呵护。我也生怕它哪一天就碎了，来年再见不着。瓷点缀了我们的生活。

我对瓷是完全的外行，但这并不妨碍我对它们的喜欢和关注。当我第一次看到“克拉克”瓷的有关介绍，不禁要惊奇了。“克拉克”瓷引起国内外古陶瓷界的重视，已有大半世纪的历史了。“克拉克”瓷名称的来源纯属偶然。1602年，荷兰东印度公司在海上捕获了一艘葡萄牙商船——“克拉克”号，船上装有大量来自中国的青花瓷器，因不明瓷器的产地，欧洲人把这种瓷器命名为“克拉克”瓷。目前，已考证生产“克拉克”瓷的窑口有江西景德镇窑，福建德化窑，福建漳州平和五寨、南胜窑等100多个窑址，做工精细者为景德镇窑口出品，销量最大者却是漳州、德化窑出品。

家乡漳州生产的“克拉克”瓷曾经热销海外，这真是令人自豪的发现。

素无制瓷传统的漳州为何在明清时期会成为重要的外销瓷生产基地？我把好奇的目光投向典籍，从中追根溯源。据《平和县志》记载，1531年，平和芦溪等处，农民起义声势浩大，提督军门王阳明发动二省兵变，平定平和寇乱后，为安定地方，选留随军兵众，在各新建置的县治衙门充当杂役或管理庙宇等，与当地百姓共建平和。其中江西兵众中不乏陶瓷方面的能工巧匠，至今在原平和县治所在地九峰镇东郊，有一当地俗称“江西坟”的山岗，系平和设县以来，江西籍移民公坟。自明正德十四年（1519年）至崇祯六年（1633年），共有13位江西籍人士主政平和。时值漳州月港海上贸易十分繁荣，瓷器又是对外出口的大宗商品，为造福百姓，这些到任的知县赋予瓷业优惠的税收政策，加以扶持，组织民间生产烧制参与市场竞争。以平和南胜、五寨窑址为代表的数以百计的民窑，地处九龙江支流上游，临溪依山而建，从平和花山溪顺流而下，可直达明代著名的海外交通贸易中心——漳州月港。花山溪流经之地，皆为丘陵盆地，河面展宽，水流平缓，非常适宜水路运输，从南胜、五寨至月港，仅需一天航程。值得一提的是，平和外销瓷业的迅速崛起与漳州月港的兴起是息息相关的。入明，素有“东方大港”美誉的泉州港已衰败，取而代之的是月港，尤其是明正德以后，月港的海外贸易不但远远超过福州港，而且也超过了广东港。到了明万历年间，月港的对外进出口发展到最高峰。平和盛产的瓷器正是此时源源不断地通过商船远销世界各国。深藏于闽南漳州这座小城、沉淀在平和古窑中的这段历史，今天仍绽放出它的光彩。从阿姆斯特丹的拍卖，到日本划时代的展览，再到沉船“南澳1号”的发现，“克拉克”瓷不断给世界带来惊喜。漳州窑“克拉克”瓷并没有被世界遗忘，至今仍被列为世界名瓷之一。

岁月苍老了人类的脸，“克拉克”瓷却因此而更显出它的品质。为“复活”失传400多年的传统技艺，漳州市民间古瓷工艺研究所所长林俊，2008年在平和县文峰镇宝桥村创建了“克拉克”瓷研究基地，聘请福建德化、广东、江西景德镇等地的传统制瓷老师傅前来烧制，借他们的手，高仿真的“克拉克”瓷得以重现平和。我曾走近研究基地，去领略“克拉克”瓷的神秘。陈列室里挤满了仿真的“克拉克”瓷盘、瓷碗。案桌上，一青花瓷盘吸引了我的目光，盘底湛蓝深沉，图案以开光分格布局，恰似一扇扇开着的蓝色小窗，小窗里全是率意而无拘的花叶图案，给人以浓烈奔放之美。一圈转下来，我就在这瓷盘前移不动步了。仔细看，反复看，总觉得美。我不太清楚制作瓷具体的流程与烧制过程，但我能够想象，所有的瓷器，都要经过窑火的热烈燃烧才终能成器。

海峡两岸一家亲，“克拉克”瓷又成为重要物证。5年前台湾台南有关机构对17世纪荷兰人住所遗址安平古堡进行考古发掘，也出土了大量的“克拉克”瓷标本（碎瓷片）。2011年适逢郑成功开台350周年，台湾台南市举办郑成功文化节，其中有17世纪船舶文物特展，力邀漳州窑“克拉克”瓷艺术品前往参加，于是仿“克拉克”瓷麒麟纹盘、仿“克拉克”瓷信泰瓶等20件漳州窑“克拉克”瓷艺术品被送到台湾地区展出，目的是让更多台湾市民了解漳州窑“克拉克”瓷，并从中了解漳州窑“克拉克”瓷经台湾再销往世界各地的经贸文化历史。

因为家乡拥有这样一种瓷——漳州窑“克拉克”瓷，那么，即便是我一直固执地对不爱瓷器的人怀有一点偏见，恐怕也是可以得到谅解的吧！

# 白鹭款款飞

白鹭不是普通的飞禽，它不仅是美的化身，诗的精灵，更是人与自然相互沟通的使者。白鹭增多，是对漳州生态环境最好的点赞。

“花开红树乱莺啼，草长平湖白鹭飞”是宋代诗人徐元杰《湖上》的诗句，它所描绘的这一番乱莺红树、白鹭青草相映成趣的美丽和谐景象，如今在漳州的“五湖四海”常常能见到。乡村田地、河湖湿地、城郊树林，都能看到白鹭觅食栖息的身影。白鹭朝舞夕归，描绘出漳州一幅幅人与自然和谐相处的美丽生态画卷，只要稍稍停驻，就能感受到人在画中走的情趣。

因为喜欢它，所以要用最好的语言来描写它，来赞美它。郭沫若在《鹭鸶》一文中说，鹭鸶是一首诗，一首精巧的诗。在郭沫若的眼里，鹭鸶最美。雪白的羽毛，流线型结构，铁色的长喙，青色的脚，它的美丽浑然天成。他说鹭鸶的色彩美，“素之一分则嫌白，黛之一分则嫌黑。”它的姿态也美丽至极。清水田里几只站着钓鱼，那水田就成了一个有人特意打制的镜框，鹭鸶站立在水田里，就是天地间一幅嵌在玻璃框里的无比美好的画。鹭鸶不会唱歌，似乎是真的美中不足。但是，郭沫若却说，“鹭鸶的本身不就是一首很优美的歌吗？——不，歌未免太铿锵了。”所以，郭沫若忍不住强调说，鹭鸶实在是一首诗，一首韵在骨子里的散文诗。

郭沫若笔下的鹭鸶其实就是白鹭。白鹭属鹭科鸟类，为大中型涉禽，主要活动于湿地及林地附近，它们是湿地生态系统中的重要指示物种。自古以来，人们一直对白鹭很有好感，文人骚客对白鹭更是情有独钟。白鹭款款入诗，最熟悉的莫过于杜甫笔下的“两只黄鹂鸣翠柳，一行白鹭上青天。窗含西岭千秋雪，门泊东吴万里船”。张志和的“西塞山前白鹭飞，桃花流水鳜鱼肥。青箬笠，绿蓑衣，斜风细雨不须归”。李白的“白鹭下秋水，孤飞如坠霜。心闲且未去，独立沙洲傍”。杨万里的“清溪欲下影先翻，只鹭还将双鹭看。绿玉胫长聊试浅，素琼裳冷不禁寒”……白鹭悠然入画。最喜欢《芙蓉白鹭图》《秋鹭芙蓉图》。前者是明代画家郑石的工笔画，画中描绘秋季时白鹭与鸟禽活动的情态。三只白鹭位居画幅正下方。后者是明代画家吕纪的精致工笔作品。全图构图作“S”形，三只充满动态的白鹭，一只伫立坡岸边，对空鸣叫，引来两只飞翔同伴俯冲而下。白鹭与垂下的枝叶、牡丹枝梗相互呼应。全画以柳枝、芙蓉、荷花点出了夏末秋初的季节意象，营造了诗意氛围。明代画院常以谐音象征吉祥或规谏的画题。前者那幅花鸟画中白鹭为鹭鸶，“三鸶”为“三思”的谐音，除了具备富丽的装饰性外，或许还有委婉劝诫君王的儒家教化意味；后者画中“鹭鸶”与“路”谐音，“芙蓉花”谐音“荣华”，合在一起，有着“路路荣华”的吉祥画意。这两幅画现收藏于台北“故宫博物院”。

为了领略诗、画中白鹭的美，我曾到九龙江入海口处的闽南小镇——紫泥甘文农场，那里有全省境内面积最大、种类最多，长势最好的红树林生长区，也曾大老远地去了云霄红树林湿地公园自然保护区云霄县东厦镇……在那里，田间地头，树梢牛背，随处可见白鹭悠闲的身影，它们身体轻盈，时而盘旋天空，时而水中觅食，羽毛雪白光洁，姿态优雅，似精灵般迷人可爱，给人们无限的遐想……而今，就在家门口的“五湖四海”，也能欣赏到碧空白鹭翩翩，曼妙如诗。

一段时间以来，漳州市按照“田园都市、生态之城”的发展定位，积极探索“生态 +”模式，全力推进由碧湖、西湖、西院湖、九十九湾湖、南湖和荔枝海、香蕉海、水仙花海、四季花海组成的“五湖四海”生态建设项目，将昔日的荒地、滞洪区变成了“都市公园”，“生态+”效应逐步显现，由此给生活在这里的人们不断带来惊喜。白鹭增多，成群地出现，是对漳州保护生态环境的最好点赞。

水仙花海老农说，现在白鹭已经是田间的常客。水好、田好、生态好，自然也就引得白鹭来。

白鹭不是普通的飞禽，它不仅是美的化身，诗的精灵，更是人与自然相互沟通的使者。众所周知，白鹭外形美丽，对栖息地环境特别挑剔，稍有污染便悄然飞去，因此被视为“环保使者”，被国际环保组织誉为“环保鸟”。鹭鸟的增多正是漳州生态环境质量提升的一种表现。哪里环境好，就在哪里安家，这是大自然最简单的法则。白鹭用“飞翔”的方式对漳州的生态环境做出了评价。

美丽的白鹭是和谐生态之美的见证者，它们的到来，也提升了“五湖四海”的景观效果，使景观更为灵动秀逸。一群群白鹭或飞翔，或嬉戏，或静立，背景是碧水、蓝天、青草、绿林，间或有城市鳞次栉比的高楼，人行其中，一回眸转身，就有入画的感觉。

“惊飞远映碧山去，一树梨花落晚风。”白鹭飞舞，是大自然对生活的一种恩惠。当我们专注于欣赏美景，喧嚣远去，心中不禁升腾起了幸福感，不知不觉中，对自己家乡的热爱又增添了许多。

# 茶香无边，清芬来自远山

茶，是最朴素、淡泊的美物；喝茶，是最朴素、淡泊的美事。

每一片绿叶都曾在远离喧嚣的高山深谷里，沐浴风云雨雾，听过鸟声虫鸣。简单的叶子，简单的颜色，却有着不简单的经历，拥有不同寻常的味道。此刻的杯子里漾出碧绿和淡淡的清香，不由得要向茶感恩，向生活和大自然感恩……

## 在梅林与“土楼茶”相知

茶总是在虚幻与真实的交错中，被赋予无与伦比的生动气韵，依附在土楼人文景观中的文化积淀，无疑南靖茶叶是最具生命的灵性和魂魄的。

南靖是福建省漳州市的一个县，地理位置优越，自然条件得天独厚，是发展茶叶生产的风水宝地。早在隋末唐初，就有采制饮用野生茶的习俗。明朝万历年间，南坑村就开始成片种植茶叶；清朝光绪年间，奎洋镇上洋合福坑的茶园已初具规模，两地出产的茶叶均成为宫廷贡品。过去由于山高路远交通不便，南靖产茶不太被人们所了解。正如美玉蒙尘，终不失其美质。2008 年，随着以永定、南靖、华安的“六群四楼”为代表的福建土楼申报世界文化遗产成功，南靖茶叶也随之渐渐被人们关注。

茶，是清香的；土楼则是隽永耐人寻味的。

南靖茶叶具有形色美、香高味醇、神韵非凡的独特品质。据权威部门检测，南靖茶叶富含多种对人体健康有益的生化成分，具有显著的保健功效和特殊的药用价值。而南靖境内拥有土楼15000座，汇集了最高、最大、最小、最奇、最古老、最壮观的土楼，堪称“土楼王国”。世界文化遗产“福建土楼”的标志性建筑——田螺坑土楼群就坐落在南靖县书洋镇。

南靖土楼住着许多客家人。俗话说，“逢山必有客，逢客必有茶”。客家人与茶有密切的关系。种茶是客家人的主要生计，不论沟圳、山场、荒崖，有土就种。客家人种茶、做茶、食茶，已成为习俗，开门七件事也少不了茶。与闽南话相同，客语称茶为茶米，可见在客家人心目中，茶的地位如同稻米一样不可或缺。我所看到的有关土楼的风光照片，大多数是以茶园为背景的。土楼与茶园结合，是精彩美妙的人文景观。客家茶具有文化传承和创新的发展价值。独特的土楼茶文化，将南靖茶叶与世遗土楼有机融合，成为新兴的文明产业。

穿越重重岭，绕过崎岖路，我们旅尘迢迢到了汇全梅林生态有机茶基地。一下车，迎面扑来一股爽人的绿风，随即移步至传说中的汇全阁。耳畔古筝琴音袅袅，桌上一排透明茶壶造型圆润，壶里装着“玉芙蓉”“蜜香红乌龙”“东方美人”“土楼红美人”等各色茶，茶的名字念起来有一种诗朗诵的感觉。它们在滚烫的水里，慢慢吐露出芳香的情愫：清澈、琥珀色、橙黄、暗红，或浓或淡，渐次变化。每个到场的人都有一只指定的杯子，色香味均在其中。闲适、雅致、宁静、清悠，一种近于女性的温柔，这便是茶文化的精髓了。端起茶杯慢慢地细加品啜，顿时感觉满口芳香，纷纷赞美佳茗甘润怡神、香气清幽。

汇全梅林生态有机茶基地距离世界文化遗产所在地的云水谣12公里，面积3000亩，植茶面积800亩，保留大片原生态树林。茶园中心是一个高山湖泊，茶树遍植湖泊四周的坡地。“我们遵循自然农法种植，不施用农药、化肥、除草剂，保持生态多样性，维护生物多样性，一直坚持做中国生态茶的样板基地。”老板苏雪健介绍道。“‘红美人’属于高级土楼红茶，采摘自南靖丹桂等高香新品种，一芯一叶细嫩茶芽，以传统工艺精制而成，这个以‘美人’为名的茶，在发挥原有的温润甘甜外，也糅进了一丝空谷幽兰的气质。”她一边与客人品茶，一边介绍属于她们自己的茶文化。夏季，不少茶企开始担忧起蝉等虫害，而基地的人却很开心。“我们主推的土楼红美人系列茶品种，必须特别选用夏季被小绿蝉咬过的茶青来制作，而且虫害越重，所制出的成品茶花蜜香越浓郁。”做茶其实只是顺着茶性走，在做青的时候让它的芳香美质充分释放出来，末了又自然敛藏于加工好的茶叶之中。作为土生土长的南靖人，苏雪健一直琢磨着如何将南靖本土茶业与兰花、土楼更好地融合。“汇全每一家店都以不同品种的兰花作为摆设，兰花的高雅与茶之雅趣，刚好相得益彰。”苏雪健介绍道。除了在品牌上融入土楼元素，她还在云水谣设立门店，向海内外游客宣传推介土楼茶文化。一个人的心在哪里，是看得见的。哪怕短时间内看不到，年深日久，当我们的心智足够成熟，所知足够丰富，就越来越能够感知美，觉察创作者深沉的用心。“红美人”有自己的名字，有自己的香韵，在这闽南乌龙茶的产区，大部分顾客喝惯了清香爽茶型，它所特有的温润之中有甘甜的特性，未尝不是给人一种新的体验。2009 年春季，“红美人”参加福建省农业厅和中华茶人联谊会福建茶人之家分别举办的全省名优茶评选，获评“福建省优质茶”。

在汇全梅林有机茶基地，我们感受到其间一种比茶更浓郁、更有意味的底蕴，那就是苏雪健最大的心愿——做出土楼的品质和特色，往精深化方向去发展，做中国有代表性的红茶。

## “土楼之巅”问茶览胜

茶文化植入旅游项目，旅游项目助推茶叶经济——这是南靖茶叶的又一生命气韵。

在经济发展方式转变过程中，旅游经济发展在生态文明建设背景下得到广泛关注。突出当地的自然资源比较优势来推动旅游经济的发展是一条绿色可持续的发展道路。南靖构建了旅游经济与土楼茶文化相融合的发展模式。

南靖紫云山土楼生态度假区位于世界遗产南靖土楼的所在地、书洋镇下坂村紫云山上，素有“土楼之巅”之称，距县城50公里。紫荆山山谷时有紫气缭绕，故名紫云山，也称紫荆山，是南靖县古八景之一，也是闽南一处绝妙胜景。早在宋末时，半山腰就有了紫云寺，供奉释迦牟尼佛、阿弥陀佛、药师佛，民间称“三宝佛”。明朝有善士续修寺路，到了清初，有僧人进驻紫云寺，募捐重修紫云寺，此后香火日盛。20世纪初，紫云寺由于年久失修而毁坏，直到20世纪90年代才得以重建，收回三尊佛像和二尊文武石像，并雕刻九尊汉白玉观音石佛像。每逢农历四月初八、九月三十、十一月十七的三大香会期，法师、居士诵经祈安植福，前来朝拜的人络绎不绝。

度假区位于紫云山上海拔1000米处，总体规划面积近万亩。这里有近千亩的生态茶园，人迹罕至的原始森林，一望无垠的高山草甸，“茶文化”是度假区的核心文化之一。问茶紫云山，度假区飘出的一缕缕茶香，为禅修的游客增添了“以茶参禅”的意境。

驻足“土楼之巅”，让人掂量出这一度假区的生命张力与灵性，在这里，自然景观与人文景观的完美结合得到最真切的流露与展示。

紫云山土楼生态度假区老板胡先生，为了让度假区与环境融为一体，在山间“自然生长”，没学过设计的他到处参学，仔细研究园林模式，和团队一起修改图纸，一点一点完善自己的构想。2012年开始修路造林，他收集旧木，建造了80米绝美长廊；他用山里的竹节引清澈山泉注入露天泳池；他用树枝和竹节打造独有的灯饰；他在茶园设置迷宫；他在山顶用水设置了“天空之境”……

登游，俯望所及风物必显壮阔。云朵游移，显示着风的力量。晴热的午后，空中尽是白亮的阳光。胡先生领我们走进度假区腹地。仿佛从一座山的怀抱放眼一列伟岸的山峦，那是由近趋远由低渐高的山岭竖起的围屏，最低层处是水墨村庄。“你们看对面山峰的轮廓，像不像一位斜躺着的古典美女，像不像睡观音？”胡先生指点道。只要有一颗宁静的心，人类的想象就会长出美丽的翅膀。

到茶园迷宫，有一段石条阶路，沿着山脊直入青云。只见路边上下，茶树层层叠叠，静伏在阳光下，有耐不住安详的飞鸟舞翅划破山间的宁静，带来欢怡的鸣叫。迷宫行走，我们平静、细心地体味了茶叶散发出来的独特气息。遗憾的是，这次我们没能在早晨或黄昏，俯视“天空之境”，欣赏风、云、光、影交织的美妙绝伦的画展。

人在世上待久了，难免有这样那样的苦恼和这样那样的重负。为解脱这一切，有人皈依宗教，向内心去求平衡，更多的人选择到大自然去寻找回归。紫云山土楼生态度假区具有这样的魅力，既能以自己的神韵安定人的心绪，又美得使人生起宗教式的向往。我没有宗教体验，在这儿却接受了一次大自然对人的洗礼。胡先生在紫荆山已经待了6年，望远近峰岭，风烟朝夕奔入胸次，幽居之乐只能为自家道也。

## 一片茶叶的无限可能

提炼土楼文化元素，助力发展茶叶经济；茶产业植入旅游项目……近年来，南靖县委、县政府从当地独特的自然条件出发，把茶叶确定为一项农业主导产业，使南靖茶叶不断发展壮大，成为福建省十大产茶县之一，闽南乌龙茶第二生产大县，目前全县茶园面积12万亩，生态茶叶生产已成规模，出产的茶叶形优色美，香高味醇，神韵非凡，品质独特，近年来先后在全国各省市自治区各种茶叶质量评比活动中获得30多个大奖，其中“南靖丹桂”“南靖铁观音”获得国家地理标志认证。

先后创办了汇全、茶农世家、南香、三家村、御品等20多家龙头企业，这些企业背后都有一个共同的区域品牌——南靖土楼茶。如今，在全国许多大城市，南靖土楼茶品牌已经深入人心，而到南靖土楼游览的游客，也忘不了带些茶回去。

茶香无边，茶叶给南靖以无尽的希望与活力。

## 咖啡与茶

几年前，我在要闻部当编辑，经常上夜班，每天冲咖啡泡茶，靠这样的水溶液来驱赶昏昏的睡意和疲劳，久而久之，竟生出了些感想。

每次冲咖啡，随着沸水落入杯底，深褐色的溶液立马从杯子升腾，加上糖和伴侣，小匙轻轻搅拌，一杯醇香浓郁的咖啡便备好了。水与咖啡的融合，无须时间。咖啡是一次性的，仅此一杯，不像茶，可以一泡再泡。下班前喝口杯里余下的咖啡，失去了温度，咖啡的苦味也变得格外突出。办公室是喝不出咖啡滋味的。咖啡只有在咖啡屋邂逅音乐时才变得滋味悠长。咖啡是没有心情的，有心情的只是自己。

喝咖啡的日子，是潇洒随意的日子。当一颗心开始下沉、脖子后颈开始僵硬时，离开办公室，去音乐和陌生人中间，一边悠闲地小呷，一边隔着玻璃窗看街，可以寻找到那种置身人群又保持距离的温暖和自由。如果此时有一缕午后阳光洒下，那有多悠闲！窗里音乐静静流淌，窗外车水马龙却无声无息。当这样站在城市大背景里打量自己的生活时，那点小疲劳，那点小烦恼，也如行车时旷野里的一小株树，渐行渐淡。人无法改变事实时，不如改变感觉。有一段时间，女儿喜欢约上同学，到附近的咖啡屋去读书。也许是为了调整心情吧？一杯咖啡，一本书，可坐一两个小时。曾经陪女儿去咖啡屋温习功课，那次不巧与她要好的同学相遇，以为女儿会打乱计划，不料见面寒暄几句以后，她们就各自找桌子坐下，相隔不远，各管各低头看书喝咖啡，感觉很自然。她们有尊重各自独处的习惯。一杯咖啡，就是一方自由的空间。终于明白如今书店基本都转型咖啡书吧的原因了。到过苏州诚品书店，一进门就看到直达天花板的书墙，人们窝在椅子上喝咖啡、看书，咖啡与书香融合成很美的情调。

喝茶的日子，就是千万个平常的日子。茶与咖啡不同，茶水永远无法相融，它不需要伴侣，禁得住一冲再冲。那时候更多的是泡绿茶。将一小把绿茶放进透明的玻璃杯中，用刚烧沸的开水冲泡，盖上盖子，只见袅袅水汽像薄薄的细纱，轻轻上升，不一会儿看到淡淡的绿缓缓在杯中洇润。看着茶叶浮沉，舒展间，水就悄悄由一抹青绿变幻开来，继而绿意加深；只见三片碧绿的小芽相对而升，犹如一朵朵绿色的花朵开放在小杯里；不多时，叶片被沸水润泽过之后又开始下沉……这一沉一浮之间，离开茶树的茶叶仿佛又有了生命，借着沸水而重生。打开杯盖，清香扑鼻，身心俱爽；再泡再饮，直到它的味道淡成若有若无……最喜欢深夜，手捧一杯清茶，依窗望月。夜，很静，很柔。窗外，月光将它的温柔洒在树上、洒在台阶上、洒在花圃上。当月光浸入到茶杯中，那茶就被蒙上了一层银白色的优雅，柔和的茶香因而有了亮色。在这无声的懈怠里，所有的人事便于眉目间温和了。记起在四川重庆一家饭店喝的一碗很别致的甜茶，别致在于冲泡方式比较独特。那是一种盖碗茶，服务员手提细口大壶，那细口足有两尺多长，打开碗盖，弧形的水急注碗中，碗中褐色的茶叶和冰糖随着沸水直转。细看，碗中还有茉莉花瓣、鲜红的枸杞子、浅绿的葡萄干、参片，色香味俱全。好讲究的一碗甜茶！闽南话把喝茶说成“吃茶”，感觉这一碗甜茶，除了喝，倒是真的可以吃了。

如果喝咖啡使人多了一点心情，那么，喝茶以后却让人平和宁静。想起今年3月在石狮举行的全省报纸副刊作品年赛，其间，《石狮日报》总编辑带着评委去他们报社茶馆观看书法展，品禅茶，体验“翰墨茶香”。主题自有，意不在茶，茶仿佛不过是背景音乐。只见报社茶艺师在盖瓯里放足茶米，用铁壶滚滚的沸水冲满，当即刮净浮顶的垢沫，盖紧。约略两三分钟，提开瓯盖，茶米已舒叶开茎，胀鼓鼓地往上拱，欢欢喜喜地蠕动。评委们轮流执着瓯盖，沾沾汤叶，像摘了鲜花，使劲地闻，长长地吸气，美美地回味……在茶香弥漫中，在寂静的空间里，意境自深，禅茶就不是简单的茶了。禅，尤其是作为禅的茶道，足以使我们的心中萌发一种真正的艺术气氛。禅悟的获得在于静，而茶香的飘逸、茶烟的袅动，都在动；但动终归于静，其动正好作为静境的烘托和铺垫。茶香遇见书法，仿佛遇见知音。唐代诗人钱起《与赵莒茶宴》中的“尘心洗尽兴难尽”，“茶”居然达到或者接近“尘心洗尽”的地步！此时此刻，思想上的一切障碍必然极度淡化、弱化了……对书法家来说，以静寂的心态进入创作，去除杂念，意守胸中之气，禅茶与书法的境界相吻合。同行的几位评委原本是书法家，不禁提笔留墨。

离开要闻部已经好几年了，用不着上夜班，喝咖啡只是时断时续，但茶却一直喝着。咖啡香味浓郁，富有侵占性，喝完便云消雾散了；而茶则余韵袅袅，滋味悠长。茶的余味总让我想起父亲拉二胡那细细的余音，声音断处仍不绝如缕……

# “骑”乐无穷

感受一座有历史温度的靓丽城市，最好的方式莫过于骑行。骑行，可以静下心来慢慢欣赏风景里容易被忽略的细节，体会那些容易被错过的美好。我喜欢在清晨或黄昏，踩上自行车随心所欲去闲逛。

进入 5 月，原产于南美洲的蓝花楹在漳州市区新浦路两旁盛开了。那里成了我骑行的目标。清晨，是骑行的好时光，这时候阳光明亮而不刺眼，我踩着自行车，从胜利西路，穿越到延安南路，经过新华西路，前往新浦路，去感受一场视觉盛宴。蓝花楹树身高大，枝繁叶茂，夏天和秋天开花。紫蓝色的花朵形似小喇叭，花冠成筒状，它们一朵一朵簇拥着，一朵开了，又一朵，占领所有的枝条。一树的花从市中医院绵延到芗城中学，它们大胆地舒展那娇小的花瓣，毫不犹豫地绽放自己，畅舒生命中全部的芳香和颜色，无忌无讳的蓝，不掩不遮的紫，那么沉醉。街道因为有它们而洋溢着生机。观赏者群集而至，路过的放慢脚步。树荫的那一边很亮，树荫下早起的人家正闲散谈天，时而有花随风盘旋而下，落在肩上，落在地上，落在路两旁汽车上……空气醇香柔和，醉人的气息在晨曦中氤氲，心头的幸福感轻轻一漾，整个人都酥了。忍不住在微信圈晒出蓝花楹美图，赢得众多点赞。

那天，与远道而来的朋友约定逛商场，时间还绰绰有余，我便决定骑车前往。阳光正暖暖地透过树梢落在我的身上，穿过延安北路，特意拐进古城。自唐代以来，漳州古城即为州、郡、路、府之治所，目前仍较为完整地保留了唐宋以来“枕三台、襟两河”的自然风貌，“以河为城、以桥为门”的筑城型制及九街十三巷的街道格局，是漳州这座千年古城最有价值的核心区，同时也是全国第一个国家级文化生态保护区闽南文化生态保护实验区的重要组成部分，荣获“联合国教科文组织亚太地区文化遗产保护项目荣誉奖”，入选第二届“中国历史文化名街”、福建省重点文化产业园区、首批“中国历史文化街区”。古城内有国家级重点文物保护单位——漳州文庙大成殿、“尚书探花”和“三世宰贰”石牌坊、林氏宗祠（比干庙）；有两处省级文物保护单位——中共福建临时省委旧址、简大狮避难处；另有府衙旧址、东西桥亭及宋濠等10处市级文物保护单位……一路骑行，古城就在一侧，仿佛历史在同步跟从。那些有年头的历史老建筑渐次映入眼帘，看起来似乎比较寂寥，把我的心境牵得很悠远，人也变得善感起来。

想起有关骑行的往事。物质匮乏的年代，母亲托人要了一张凤凰牌自行车车票，家里因之有了第一辆自行车。自行车是双横梁的，母亲特意用胶卷纸把整部车车架包起来。此后，父亲经常骑着它，穿梭在家与单位之间，因而对父亲最清晰的记忆，莫过于父亲骑着自行车的情形。而今父亲近80岁了还骑着自行车，后座上经常载着一摞书，每次遇见都不敢惊动他，生怕这么一喊，父亲会从自行车上掉下来。

有了自行车，母亲带我们兄弟姐妹出去玩的次数就多了。母亲会在风和日丽的周末，用自行车载着我们四个兄弟姐妹去游玩。那时经常去的是中山公园。我侧身坐在横梁，二哥姐姐坐后架，大哥站在脚踏板，母亲就这样推着自行车朝前走……这样的画面一直定格在记忆里，温馨而美好。这一辆凤凰牌自行车，后来一直跟随我们家20多年，想起它，不由得生出“三十功名尘与土，八千里路云和月”的感慨。

骑行让我保持一颗快乐的心，还意外收获健康，让我有充沛的精力投入工作。据了解，现代运动医学研究结果表明，骑自行车是异侧支配运动，两腿交替蹬踏可使左、右侧大脑功能同时得以开发，能预防大脑老化，提高神经系统的敏捷性，它和跑步、游泳一样，是一种最能改善人们心肺功能的耐力性锻炼。在国外，骑自行车健身可以说是方兴未艾。法国、德国、比利时、瑞典等国家，还以骑自行车“一日游”的时髦体育旅游消遣活动，吸引了成千上万的人踊跃参加。

对我来说，骑行既是锻炼身体，又是心灵旅行。如今家里虽然有了汽车，我依然喜欢骑行，骑上共享单车，穿梭于熙熙攘攘的城市或者宁静的郊野，随心所欲去游玩，随时随地访古览胜，别有一番滋味。骑行是一种经历、一种心情，也是一种生活态度，“骑”乐无穷。

# 雨打芭蕉

音乐属于心灵。每一曲音乐的演绎都自有知音。那天置身于优美的箜篌曲《雨打芭蕉》，被深深打动了。箜篌独有的柔美清澈弹弦音犹如稠密的雨点从半空中飘落，滴滴答答敲打在翠绿的蕉叶上，发出了细细密密、缠缠绵绵的叹息；顿音节奏仿佛一阵微风缓缓吹过，蕉叶轻晃，串串水珠滴落，地面上溅起圈圈涟漪……我仿佛听见李清照穿越千年的吟诵：“窗前谁种芭蕉树？阴满中庭；阴满中庭，叶叶心心、舒卷有馀情。”就在音乐里，我爱上了芭蕉，爱它的古典，爱它的清幽，爱它的多情。

芭蕉又名美人蕉。爱上它不是没有原因，因为它既是一种植物，更是一种文化。

都说美女如花，但是真正以“美人”命名的花朵，似乎只有芭蕉了，这样的花名听起来有点俗，却表达了人们对这种花发自心底的喜爱。据说它的名字来自晚唐诗人罗隐。唐以前，这种花叫红蕉。历代诗人多有题咏，如唐代徐凝的《红蕉》诗：“红蕉曾到岭南看，校小芭蕉几一般。差是斜刀剪红绢，卷来开去叶中安。”李绅的《红蕉花》：“红蕉花样炎方识，瘴水溪边色更深。叶满丛深殷似火，不唯烧眼更焕心。”直到晚唐时期，罗隐的那首“芭蕉叶叶扬瑶空，丹萼高攀映日红。一似美人春睡起，绛唇翠袖舞东风”出现，从此“美人蕉”的名字才渐渐传播开来。与美人蕉邂逅是在朝阳微露的清晨。就在古道旁，突然之间，它羞答答地出现在面前，那黄澄澄、红艳艳的花瓣在霞光下熠熠生辉，并散发着一股淡淡清香，宛如一阵若有若无的箜篌从远古幽幽飘来……仔细观看，美人蕉的花瓣下部有些褐色的斑纹，犹如斑蝶俏丽的翅膀，清风拂过，就像一只只斑斓的蝴蝶翩翩起舞。

大概美得令人心醉的花都会有迷人的传说吧？的确，美人蕉有许多令心灵震撼的故事。依照佛教的说法，美人焦是由佛祖脚趾流出的血变成的。传说恶魔提婆达多，看到佛陀有大能大力，善行和名誉也与日俱增，非常生气，于是暗中设计伤害。有一天，提婆达多查出了佛陀出游的行程，就埋伏在他将必经的山丘上，并投下滚滚大石。然而，人算不如天算，那大石还未滚落到佛陀之前，就碎成几千个小石片，其中的一枚碎片伤到了佛陀的脚趾，流出来的血被大地吸了进去，而长出美艳的美人蕉，同时大地也裂了开来，将卑劣的恶魔提婆达多给吞没了。另相传，楚汉相争，楚霸王项羽被困垓下四面楚歌，军心动摇无心恋战，年轻美丽的妻子虞姬为激励项羽突围，毅然拔剑自刎，演绎了史上感人的故事“霸王别姬”。项羽挥泪告别死去的妻子，率部突围来到乌江。前有乌江，后有汉兵围追，楚霸王见大势已去，自觉无脸再见江东父老，拔剑自刎，随身的金鞭插入地下，生长成极有生命力的一种绿色植物叫霸王鞭。虞姬死后香魂不散，追随至乌江边，见到夫君已成霸王鞭，随即化作美人蕉常伴身旁。此外，传说在很久以前，一个月白风清之夜，天庭里耐不住寂寞的几个仙女，偷出宫廷，窥视下界。当她们目光移向长潭境时，不禁齐声惊叹：多美的山水啊！她们忘了天规，决定到人间玩一回。仙女们暗下云头，正好落在长潭河畔，各自折一根树枝，摇枝成桨；摘一片叶子，呵气成船，优哉游哉，划船玩耍，又唱又笑，惹得潭中水族，浮水观看，羡慕不已。时过半夜，她们弃船登岸，沿着山道，走进一线天内。但见飞瀑直泻，水清如镜，美不胜收，仙女们情不自禁，解去外衣，一个个跳进潭中，追逐戏水，山鸟啁啾，天已亮了，仙女们已回不了天庭，遂化成亭亭玉立的美人蕉……传说是这样的悲壮，这样的凄美！

携着美好的传说，难怪古往今来许多文人墨客对它情有独钟，甚至在蕉叶上题诗。清李渔在《闲情偶寄·芭蕉》一文写道："竹可镌刻，蕉可作字，皆文士近身之简牍。乃竹上止可一书，不能削去再刻；蕉叶则随书随换，可以日变数题。尚有时不烦自洗，雨师代拭者，此天授名笺，不当供怀素一人之用。予有题蕉绝句云：'万花题遍示无私，费尽春来笔墨资。独喜芭蕉容我俭，在舒晴叶待题诗。'"

芭蕉是披翠展碧、邀雨成韵的植物，诗人喜欢用它寄情，同时又总是将它与雨联系在一起。雨打芭蕉是一种孤独，听雨滴——滴——滴地敲击着翠绿欲滴的芭蕉叶子，让人生出无限的寂寥。郑板桥《芭蕉》诗："芭蕉叶叶为多情，一叶才舒一叶生。自是相思抽不尽，却教风雨怨秋声。"在他笔下，芭蕉是有生命的，一片叶子才舒展开来，又一片叶子卷曲而生，缠绵致密，如此反复，仿佛人的情思一般……"一声梧叶一声秋，一点芭蕉一点愁。"（徐再思《夜雨》）深秋孤夜，夜雨滴打着梧桐和芭蕉，每一声都引起相思之人的阵阵秋思和缕缕愁绪。"何处合成愁？离人心上秋。纵芭蕉，不雨也飕飕。"（吴文英《唐多令》）纵然是秋雨停歇之后，风吹芭蕉的叶片，也吹出冷气飕飕，令人平添几许惆怅。"闲愁几许，梦逐芭蕉雨。"（葛胜冲《点绛唇》）雨打芭蕉本来就够凄怆的，梦魂逐着芭蕉叶上的雨声追寻，更令人觉得凄恻。"秋风多，雨相和，帘外芭蕉三两棵。夜长人奈何。"（李煜《长相思》）雨打芭蕉，表达凉风长夜，有人寂寞相思稠。"一夜不眠孤客耳，主人窗外有芭蕉。"（杜牧《雨》）雨打芭蕉，淅淅沥沥，滴滴答答，如怨如慕，如泣如诉。听一夜这样的雨，游子的心啊，怎生消受？无论是在书房窗前，还是羁旅天涯，都会在雨打芭蕉的千般妙韵中氤出一种情调，感动了多少多情而易感的心灵！雨打芭蕉，别有一番滋味在心头。

美人蕉不以姿态媚人，而以气韵摄心。一叶一花，无不给人思想灵光。它就这样静静地开了又谢，谢了又开，从早到晚，从春到夏。

# 白鹭姿态

到达红树林，恰是阳光普照的清晨，红树林一脸和煦地迎接我。车子停在乡野，早春的农田犹未开耕，闲逸的白鹭正成群地翩然飞舞，眼睛盯着那些白点看，山川立刻融成一幅水墨画了。这么近距离观察白鹭，更觉其美。

几年前，我曾请假在家带孩子，那阵子，我们家附近的小池塘忽然来了一群白鹭。每当黄昏来临，我就会如约似的站在阳台，抱着女儿远远地看白鹭在池塘空旷湿地起舞，舞姿极美——独舞，对舞，群舞。它们跳跃、展翅、昂首、翘尾，极尽其美，直至夕阳西下。单调的生活因为有了白鹭，平添了许多诗意。那时，牙牙学语的女儿便会朗读“漠漠水田飞白鹭，阴阴夏木转黄鹂……”曾经不止一次对朋友说，白鹭是我认为最美的一种鸟，总换来一阵善意的笑声。

父亲喜欢以白鹭为作画的素材，那深色的长喙、婉转的颈子、轻柔的冠羽和纤细的双足，画起来刚柔并济。《青山绿水白鹭飞》是父亲的得意之作，画面上白鹭齐飞，飞翔展开阔而长的翅膀，伸直的头颈和双翼呈“十”字般造型，显得秀美、飘逸，给人一种直冲云霄、奋发向上的感受。从此喜欢上刘禹锡的诗句：“晴空一鹤排云上，便引诗情到碧霄。”很多时候，白鹭在我心里保持一种雕像般的姿态：长颈高抬，挺胸昂首，优雅，高贵。没有任何一种姿态会这样生动，没有任何一种姿态会这样令人难以忘怀。当我看到红树林间那瘦长的靓影，忍不住赞叹了：多美啊！红树林是鹭群的栖息地，一切都是那样的静美。静静地，心犹如秋天里的一片落叶，轻轻地飘下，飘到一个地方，风一吹，就动一动；风不吹，就那么地禅定着，我在心中寻找美。

一阵风吹过，红树林哗啦啦涌起，此起彼伏，像罩在大地上巨大的绿幔在摇曳，白鹭掠过，是绿幔中的点景。我由衷地赞叹：多美啊！美就是那么简单，美又是那么不简单。白鹭并未意识，人们以自己的审美情愫发现其美，并为自己拓展了想象空间。

客厅里依然悬挂着父亲的画《青山绿水白鹭飞》，如今父亲已离我远去，女儿也已初长成，与白鹭有关的生活记忆已渐渐淡远了，化作一缕甜蜜的回忆与深潜的智慧。

# 魅力衣标

这是一段难得的散淡时光，在散淡的时光里欣赏那些传递服装形象、浸润经典与时尚的衣标，也是一种美好的消遣方式。

衣标就是挂在衣服上的标识，用以注明品牌、生产厂家、洗涤注意事项等内容。衣标上精美的图案，能清楚地传递设计者的时尚概念和设计思想，独具匠心。收藏衣标是从无意间开始的。记得女儿 4 岁生日那天，我为她买了一条连衣裙，叫她试穿一下。此时，女儿正在观看影碟《白雪公主》，沉浸在扑朔迷离的故事情节之中。我剪下裙子上的衣标，在她眼前晃动。这一衣标很有创意，正面是美丽的公主抱着流落凡间的天使一起睡觉的温馨画面，背面是一首诗：“如果梦有翅膀，请把尘封的记忆唤醒……”女儿一下子就被它童话般的精美设计所吸引。穿上新衣，想象自己就生活在那个图像的场景中，她就是那场景中的公主……我描绘不出女儿童话般的心情，但我为女儿的惊喜而欣喜，也深深地被这一独具文化内涵的衣标所产生的魅力征服。此后每次购买新衣服，我都会留意衣标，并把那些构思奇特的收藏起来。

而今，我收藏的衣标已有上千枚，内容丰富多彩，有数字图标、卡通图案、花鸟元素、英文拼音字母等；有的构思巧妙，有的典雅华丽，有的幽默风趣，形状也多种多样；它们有一个共同点，那就是想象丰富，色彩艳丽，有设计意味。花朵图案的衣标，经常让我想到棉质布料，联想到美丽的女子。现代女性修长的身材并没有因为人到中年而变得过于丰满，她是一种成熟的、丰满的妖娆，略作修饰，便能勾勒出更生动的体态。美丽的女子向来注重自己的外在形象，不过，有了一定的岁数，久而久之，会形成一种自然的风格，那便需要一种布的面料来包装，是纯棉的，或厚实硬扎，或细洁柔软，色彩各异，有米黄、苹果绿、藏青，等等，用不着过分讲究，也不是随心所欲，却看上去顺眼，“顺眼”造就了美丽女子的风情万种。

看到飞鸟图案的衣标，会想象穿上这样品牌的衣服 定会感觉轻盈、舒适；看到抽象图案的衣标，会想象穿上这样品牌的衣服备感时尚……衣标让人浮想联翩，使衣服形象深入人心，甚至令人回味与美丽衣裳相遇相知的美好时光。

收藏衣标，没有升值的潜力，但它能悦目怡情，增添情趣，丰富想象。人的活力和对生活的憧憬，不就是在想象中萌芽、生长？——这就是衣标的魅力。

## 一往无前的脉动

我无法控制自己的脚步，常常会被双脚带着去很多陌生的地方，比如一条小河。河水轻轻流过，唱出等待已久的欢歌。因为是春天，河两岸聚集着浓密的绿色，震撼了我，我的脚步在春天的怀抱里，像一串串快乐的音符。

我虽不曾到过这条河，但我很熟悉这里。河边的风景仿佛早已在记忆深处。亲水而居的草，正在水中妖娆轻舞；寸许长的鱼穿行其间，不时回溯，转身时投下一束束银光。鱼与水草共舞，不以侵占的方式共享一片蓝天。坐拥此景，渐渐生出欢喜来。小河里的水清晰地流淌，文静而灵秀，并没有忘记冬去春来的变迁。小河是有底蕴的，不用大红大紫来装扮自己，也不用喧嚣来鼓吹自己，有的是一往无前的脉动，用自己的力量来刷新形象。就这样，小河诗意地脉动着，悄无声息地贴近我的心灵，像一首曼妙的曲子，连着远古与未来。

“关关雎鸠，在河之洲。窈窕淑女，君子好逑”“江南可采莲，莲叶何田田。鱼戏莲叶东，鱼戏莲叶西，鱼戏莲叶南，鱼戏莲叶北”“只恐双溪舴艋舟，载不动许多愁”“沉舟侧畔千帆过，病树前头万木春”“日出江花红胜火，春来江水绿如蓝。能不忆江南”……瞬间从脑际蹦出的这些绝妙好词，幻化成实景，在春风的撺掇下顾盼生姿。而河水晶莹地亮着，即便无言，即便静穆如处子，也已令人心旌摇晃、不能自持。神思物动，仿佛水在摇、雾在飘、雨点在逍遥，入诗入画，有种无法言说的美正浸润着我的心灵。

# 三角梅

父亲用大石盆栽种的三角梅有一层楼那样高，除了紫色，还有大红的、桃红的、浅红的，枝丫从二楼的阳台上垂落下来，像一条多彩的瀑布。

记忆中三角梅从不凋谢，没看到过枝头有枯败的花，地上也没有落瓣。每天回家，远远凝望，只觉得一条瀑布不只在眼前，而是从心上缓缓流过。

为了保持植株美观，父亲经常对那些过密枝、内膛枝、徒长枝进行疏剪，夜幕降临，总是如期为它们喷水。三角梅又叫叶子花，因为它的花和叶的形状没有什么差别。我感觉它的花形不大好看，可父亲却似乎特别喜欢，大概缘于它们总是那么热热闹闹，那么蓬勃茂盛。

那天梦见家里的三角梅开得非常灿烂，花朵一串挨着一串，一朵接着一朵，红的，紫的，仿佛在流动，我沉浸在繁密的花朵的光辉中，满怀喜悦。突然，我拿起电话本，想给父亲打个电话，叫他回家看看，看看那盛开的梦幻般的三角梅。我万分着急，因为找不到父亲的电话号码……醒来泪眼婆娑。天国，天国可以电话连线吗？

许多年过去了，我们早已搬迁，可三角梅在记忆里依然开得那样盛，那样密，那一条多彩瀑布流着，流着，却依然带不走压在我心上的那份无奈的悲痛，那是关于死亡，关于生命的思考，一朵一朵，如同思念，浮上脑际，又沉潜心底。

## 清淡诗香酿甘醇

一直钟爱席慕蓉的诗。那时还只是“强说愁”的年纪，读着席慕蓉的《莲的心事》：

我／是一朵盛开的夏荷／多希望／你能看见现在的我／风霜还不曾来侵蚀／秋雨还未滴落／青涩的季节又已离我远去／我已亭亭／不忧／亦不惧／现在／正是／最美丽的时刻／重门却已深锁／

在芬芳笑靥之后／谁人知我莲的心事／无缘的你啊／不是来得太早／就是来得太迟

只觉得心里一片温柔的湿润，竟是说不出来的。于是，许多年了，仍在她的诗里无由地感动。

席慕蓉在诗里似乎只是随意而率真地记下一个个怀想的片段，一些喜悦或忧伤的心情，勾勒出一幅幅云淡风轻、素净古雅的画面。读席慕蓉的诗，我的直觉审美感受是：清婉柔美。它字面恬淡，意蕴却深长，耐得品思寻味，读之往往使人低回流连而不忍离去。《昙花的秘密》：“总是／要在凋谢后的清晨／你才会发现／昨夜／就在你的窗外／我曾经是怎样美丽又怎样寂寞的一朵……”诗中营造了失之交臂的惆怅的氛围，表达了“我”在年轻时曾爱上一位异性，但由于“我”的羞于启齿，后者又不知情，便错过机会，这成为“我”心中的一个秘密。席慕蓉以昙花为喻体，其喻意有两层，一是以昙花的凋谢比作人的年华易逝，二是良机的来到而不经意地错过了，犹如昙花一现后永不再来。席慕蓉还有另一首诗《短歌》，情调与这首诗相似，相得益彰。

在无人经过的山路旁／桃花纷纷地开了／并且落了／镜前的那个女子／长久地凝视着镜里／她的芬芳馥郁的美丽／而那潮湿的季节／和／那柔润的心／就是常常被人在太迟的时候／才记起来的／那一种／爱情

这样的诗，像一泓秋水似的清，像一簇水似的洁，情是淡淡的，爱是柔柔的，轻盈飘逸，恬静悠远，字面再浅近不过，情味却极醇厚。读着她的诗，很容易让人联想到一些优美的词句，仿佛品味着深深庭院中“十二栏杆闲倚遍，此际闲愁谁与共”的幽幽长叹；仿佛看到雨巷中那个结着丁香般愁怨的女子撑着油纸伞缓缓走来。

然而，又觉得席慕蓉的诗中总还有一点什么，不经意地就触动了你心中藏得最深不忍去触碰的角落，让你来不及设防时触目已是层层掀开的往事，真切鲜明一如昨日，而当初的飞扬浮躁已渐渐沉淀，滤出另一种清明的酸辛，一种无意的憬悟。一如那首《美丽的心情》：

假如生命是一列／疾驰而过的火车／快乐与悲伤／就是／那两条铁轨／在我身后／紧紧追随／所有的时刻都是仓惶而又模糊／除非你能停下来／远远地回顾／只有在回首的刹那／才能得到一种清明的酸辛／所以／也只有在太迟了的时候／才能细细揣摩出／一种无悔的美丽的心情

席慕蓉写的是她自身的独特体验，人的生活，悲也罢喜也罢，在当时还来不及细加品思，它显得仓皇而模糊，匆匆而飞逝，难于有明晰的认识，待到许久之后，当你回顾时，有些生活情景，先是给你一种清明和酸辛，但经过一番咀嚼，细细揣摩后，却又化酸辛为甜美了。这也许就是席慕蓉的诗富有灵性的原因，哲理性丰富了她的诗的内蕴。席慕蓉对人生的痛苦，有一种非常理智和辩证的看法。痛苦是人生的负面，当然谁也不愿意拥有它；但是生活往往铸造人生的痛苦，那么应采取什么态度呢？席慕蓉在她的诗中写道，“我如金匠 / 日夜捶击敲打 / 只为把痛苦延展成 / 薄如蝉翼的金饰。”面对人生痛苦，人们往往悲观失望，而席慕蓉却把“痛苦化为金饰”，这生动贴切的比喻，富有哲理，因为痛苦的背后必有经验教训，只要我们认真地加以总结，对我们就有黄金般的价值。

无数次地读着席慕蓉的诗又无数次陷进其中之后，才发觉读这些诗时其实正读着一种从容大度的思想方式。“如果能在开满了栀子花的山坡上 / 与你相遇 / 如果能深深地爱过一次再别离 / 那么再长久的一生 / 不也就只是 / 就只是 / 回首时那短短的一瞬……”读着这样的诗，你会相信一切原可以有另外的解释，你尽可以宽容地从怨悔中释放自己。读着席慕蓉的诗，使我们觉得仍可以在心灵上祈望一种原该属于我们的真纯与美丽，有了一点读诗的心情。

# 情歌

一个通常给人第一印象是理智型的人，竟会在某个时刻被以前无动于衷的琼瑶编的故事深深打动，潸然泪下，此时内心变得好柔弱，这是动情；还来不及意识、了解一个人，突然闯入你的视线，引起你无穷的回忆和无尽的遐想，带来甜蜜、带来痛苦，这是动心。动情远比动心来得容易，一花一草，一事一物就足以让人动情，而要动心，那必定是启动了内心酝酿很久的一份期待。一首好的情歌，不只是动听，它会让人由动情到动心，情感的巨大跨越就在一瞬间变为永远。

我总在想，歌为心声，要唱出感情，才能动人心弦。以前的歌，唱爱情也缠绵悱恻，但让人感到情真意切，格调高雅。像电影《神秘的旅伴》插曲“缅桂花开十里香，啊欧——欧啊，朵朵桂花儿哎情意长……”一样。至今，偶从电视或广播听到以此改编的轻音乐，听那熟稔动人的旋律，心中便会泛起某种温情。

只是如今的有些情歌不知怎的越唱越苦，有的甚至于几近哭诉，歌词也太直白太俚俗，像一杯白开水，淡而寡味，有的则词不达意，唱了半天，一头雾水。特别是有些男歌手，听着他们的歌，直觉得他是一个爱情游戏中的老手，透出的气味也不正，无非是自怜自悲，甚至逼近某种狭隘的绝望中。

爱情是人类情歌中升华得最为纯粹的，它的光辉永远不会黯淡。所以美好的情歌应该是大气的，呵护人的灵魂的，唱着它，慰藉了心灵，宽大了视线。

有一首歌叫《涛声依旧》，几年来一直传唱不衰。它不仅是一首优美的抒情歌曲，更主要的是其歌词就是一首卓尔不凡的诗，而且明显带有回归中国古典诗词的倾向：讲究意境的刻画，追求弦外之音，一吟三叹的艺术效果，具有含蓄空灵、清丽典雅的风格。歌中唱道："带走一盏渔火让它温暖我的双眼，留下一段真情让它停泊在枫桥边，月落乌啼总是千年的风霜，涛声依旧不见当初的夜晚。"这是何等情意缠绵！是把历史的沧桑悲凉与爱情的哀婉迷茫交融了起来，显得荡气回肠，深沉感人！配上优美抒情、回旋有致的旋律，自是让人百听不厌。听这首歌会使人想象到这样的情景：有一天，一对昔日情人，恰巧邂逅在曾相爱的旧地，可是两个人都已情随事迁，另有爱的归宿，已不能再像从前那样自由相爱了。分别许多年了，这已是意料中的事，可是爱的余波涟漪却难以完全平静。"流连的钟声在敲打着我的无眠，尘封的日子始终不会是一片云烟"，"许多年以后能不能接受彼此的改变？"这是他爱的真情自白，歌词如同爱情一样也是不可强求，带有天赐色彩。

这样的情歌总是符合永久爱情真谛的，歌的背后仿佛默默地站着个热烈而又忠诚的男子，或是衷情而又含蓄的女子，嘴里唱着这样的歌，爱情的高尚、神圣、无悔无怨便像画卷似的展开。

# 看山

抵达黄山脚下宾馆，已是傍晚时分。放下行囊，就迫不及待地扑到阳台去看神往已久的山。山就这么实实在在、巍巍峨峨地耸立在眼前了。尽管此时山已显得昏暗，差不多黑了，可是目光所及，松树林上面的天还带着水晶似的幽明，只是没了那种晴晴朗朗的光。

久住南方小城，常与小山、小巷、小桥为伴，看着一幢一幢的高楼涌起，常有一种幸福的悲哀感。眼下，骤然来到大山的身边，这种感觉顿消净尽，连心胸都宏大起来了。

虽然我知道这里仅仅是在山脚下，要真正感觉到它的存在还必须走进山里。然而，这毕竟与“小桥流水人家”的意境不同，我又不能不去感觉它的存在，它的沉默。沉默是山的一种存在形式；沉默仿佛又是山的一种权威，在这权威下，我觉得迷醉。

四周早已沉寂下来，一种声音却越来越大，是流水自岩上跳入桥下深潭的空空声，水越过鹅卵石的阻挡，挣扎着、慢悠悠地旋转而去……有人说，人在水上，必是过渡；人在山上，却可隐居。水总不在乎掩饰其起伏情怀，而山显得比较含蓄。无论如何，要是永远站在山脚，它将可以与你一世陌路。

何必去想这一些，何必去徒劳的描摹呢？于是，我天天看山，似有一纤纤素手细细匀匀朝我脑门微微点洒：早上看，下午看，黄昏看。看晨雾暮霭里的山；看阳光下的山；看风雨中的山。隐约里，我发现了山毫不掩饰的自信与真诚，也读懂了它深深的忆思；但我明白，这远远不是山的全部内容。

窗外有雨，细细的蛛丝一般飘逸，运了目光望出去，只见岩上松树妖妖娆娆的绿，娇娇俏俏的笑，然而山却沉默依旧。沉默至静，至静才能至纯，至纯才生平和之气。心悠然于山之间，人便成了无所不在的宇宙的 部分，“我”都没了，城市带来的躁动、烦恼又依附于何处？

我顿生了一些信心，想要去攀爬那些山了，像要去抚摸那柔嫩的山的肌肤了，想要附在山的耳畔说一句：谢谢你，你给了我宁静。

原来，山令我折服的并不在于它的高度，而在于它千古不变的沉默。

## 长青藤（外一章）

千仞绝壁上，一棵长青藤很自然地从高处翔落在月光下，嫩叶温温柔柔地舒展，阴影四溅，现出了世界的神秘。

也许从未萌动开花的遐想，但它始终执着地向往碧空、绿洲、海天。

我知道它跋涉多艰辛，眼前尽是阴霾、荒漠还有泥泞，世上的路从来崛起峻嶒。我不知道它是不是寂寞?

当雨雾降临，它像一个默默无声的少女，迎风伫立，片片叶子都是带泪的眼睛。

但是，即使垂下头颅，并不意味死亡，根在石缝深处绵延。

只是，根需要爱的给养、阳光、雨露。

这也许就是世界的神秘。

蝴蝶假如爱美，定会爱蝴蝶。

蝴蝶翅上美丽的图案，是一种美丽的温馨，是婴儿浅浅的酒窝溢出的浅浅的笑。

当春天来临，它随意飘舞——花丛、土墙、残垣都有它最自然、最美丽的装饰。

假如爱生命，那么定会爱蝴蝶。

蝴蝶恍若一种意境。它振翅飞翔，自由自在，它飘来飘去，斑斑斓斓，仿佛一个又一个的梦，短暂而辉煌。

它是自然界存在的生命的美丽。

# 第三辑　人生底色

# 在父亲的笔触里触摸历史脉动

历史就是一件件往事，就是一道道曾经出现过的风景，它不断地诱惑着人们去回望，去想象，去品味。央视发现之旅纪录片栏目曾经聚焦漳州，重温龙江精神、谷文昌精神、海商精神等漳州五种精神的历史背景和深刻内涵，并把这些极具代表性和历史意义的题材陆续拍成纪录片。我的父亲陈文和有幸与其中两种精神有缘：他是最早报道龙江精神的人；也是最早用文学形式——报告文学，讴歌谷文昌精神的人。提起父亲，内心总会泛起一股温情；翻阅有关资料记载及相关作品，便会从心底生出一种崇敬。

## 文学基因与爱国情怀

父亲陈文和是中国作协会员，第一届漳州市作协主席，第二届漳州市文联副主席，《芝山》杂志主编。父亲的文学基因源于他的父亲、前清秀才陈明远。三岁时候，就在他父亲的教导下开始读《三字经》《千家诗》和四书五经。那种用闽南话吟诵的“云淡风轻近午天……”等诗句，韵味悠长，拨动了他幼小的心灵，文学的基因大概就在那个时候植入了父亲的血液。父亲曾讲述过他的小学时光。他的小学是在漳州云霄县陈岱镇度过的。陈岱中心小学设在陈氏大祠堂内，设备简陋，上下厅和两个走廊，用木屏隔成好几个教室。不过环境很美，门口是个大操场，竖有好多旗杆，大操场前面是一条浅浅的港湾，落潮以后，滩涂堀里有小跳鱼、小虾和蟛蜞，常常在课外去捉着玩。因进入小学之前读过《三字经》《千家诗》和四书五经，语文有基础，入学即跳过一年级，直接念二年级。那时语文叫“国文”，内容和现在全不一样，里头有不少押韵的文章和寓言故事。凡是押韵的文章，老师都要求高声朗读。读不是一个人读，而是全班一起读。有时碰到两班都是国文课，那震耳的朗读声便此起彼落，几乎要把屋顶掀起来了。经过朗读背诵的文章，记忆都很深。“一条蜈蚣，死在路中。一只蚂蚁，看了眼红。推也推不走，拉也拉不动。连忙回洞，报告大众：路上有条死蜈蚣……”寓言也很有趣，《公鸡和鸡冠花》，大意说有一只公鸡，在扒泥时发现有一颗种子，正待啄食，那颗种子说：“公鸡公鸡，我现在还小，你吃进肚子里，也充不了饥，待我长大后再吃吧，那时你会饱餐一顿的。”公鸡听了，觉得有理，便走开了。以后，这颗种子经过吐芽抽叶，越长越大，最后竟开出了红艳的花朵，花朵形状犹如鸡冠。那公鸡走来一看，不禁呆住了，便不忍啄食了，原来它是一株鸡冠花。

父亲读小学时，正当抗日战争的年代。有一年，日本侵略者攻占了东山岛，出动飞机在陈岱镇先后扔了多颗炸弹。在轰炸中，听说一个农民已走出村子好远，后来想想，牛在家里没有牵出来，光人走没有什么用，便回去想把牛牵走，谁料敌机一颗炸弹，正炸中了他的屋子，全家连人带牛都被炸死……小学也被迫停课一年。目睹自己家乡遭到日本飞机的狂轰滥炸，乡亲被残忍地炸死，父亲幼小的心灵里充满了对日本侵略者的刻骨仇恨。在学校里，音乐老师教会他们唱一些抗日救亡歌曲，如《松花江上》《大刀进行曲》等，一有空就唱：“我的家在东北的松花江上……”“大刀向鬼子们的头上砍去……”歌声飞扬整个村子上空。年少的父亲，不知不觉中就有了一种纯真的爱国情怀。

1945 年，日本宣布无条件投降，时逢初中毕业的父亲，怀着欢庆胜利的心情，含着热泪，写下处女作《东亚的日落了》《黑色河流滚过了》，发表在《云霄民报》上。1947 年，父亲考入国立厦门大学，写下了《在大学里》《大家一齐来唱歌》等诗篇。1950 年 1 月，父亲到漳州日报社参加工作。

中华人民共和国成立以后，日新月异的变化给了父亲无限的工作激情。出去采访就像蜜蜂扑向花丛，回来时采访本上总是密密麻麻记满了文字，似乎散发出袭人的芳香，这为他的报道、文学创作积累了素材。20 世纪 60 年代，父亲不仅在《人民日报》《解放日报》及本省省级报刊发表了不少诗歌、杂文，还创作了一批具有时代印记的报告文学，如刊发于《福建文学》前身《热风》的报告文学《党和群众》《榜山风格》，前者描绘了漳州人民在中国共产党的坚强领导下，抗击百年未遇的“六九”洪灾；后者歌颂了龙海堵江抗旱的共产主义风格。刊发于上海《解放日报》“朝华”副刊的报告文学《绿染银滩》，讴歌谷文昌领导东山人民战胜沙害，在万亩荒滩上建造绿色“长城”。

## 最早报道龙江精神

近年来，在九龙江畔“榜山风格”发源地洋西村，以新、旧西溪桥为纽带，漳州龙海市打造了龙江文化生态园，已经形成龙江精神展示馆和古窑陶艺文创园两大主题场馆，目的是让游客在休闲娱乐的同时，成为龙江精神的体验者和传播者。

我从小对“榜山风格”耳熟能详。小时候家里客厅墙壁上，总是悬挂着用玻璃框镶着的一张奖状及一张照片。奖状内容是福建省话剧《龙江颂》参加在上海举行的华东区话剧观摩会演，被选为晋京参加全国话剧观摩演出大会，荣获中华人民共和国文化部 1963 年以来的优秀话剧创作奖；照片是 1964 年福建省话剧团晋京，在中南海紫光阁汇报演出了《龙江颂》后，受到周恩来等中央领导同志亲切接见时拍的。

当我来到龙江文化生态园，有一种熟悉而亲切的感觉。龙江精神展示馆是一栋两层红砖小楼，青灰瓦、木屋檐。馆内地上铺着古朴的红砖，墙壁边陈列着独轮车、人力水车等当时堵江抗旱的工具，墙上展示着一组组昔日堵江截流的图片、影像以及文字资料。展示馆馆长林兆明，拿着指示棒沿着展板向前来参观的人们介绍：“1963 年春，漳州地区遭受特大旱灾，龙海县榜山公社用淹掉自己田地的代价确保了堵江引水工程的顺利完成，确保了下游 10 万亩稻田的抗旱用水。这是中共龙溪地委机关报《漳州报》记者陈文和采访以后，在报上刊发的新闻报道及评论，配发的也是陈文和创作的快板《榜山风格到处传》……”听着介绍，尽管内容极为熟悉，内心依然掀起一阵波澜。

父亲陈文和在《榜山风格到处传》这一则快板里，第一次提出了“榜山风格”这个闪光的名词。快板全文如下：

说新事，道新事，抗旱新事万万千。
龙海县，榜山社，舍己为人成美谈。
九龙江，下游处，五个公社缺水源。
缺水源，怎么办？需要“借路”去浇灌。
九龙江水堵起来，榜山公社要受淹。
可他们，却情愿，服从大局不怕淹。
他们说，应该办，农民共顶一片天。
自己损失事情小，不能让人来受旱。
他们受淹千亩田，救了旱地近五万。
大旱时节秧照插，榜山风格到处传！

这则快板登于《漳州报》的报眉“黑板报”上。《漳州报》就是现在漳州市委机关报《闽南日报》的前身。快板里这种舍小家保大家、团结协作、无私奉献、顾全大局的精神后来被称为“榜山风格”。

探寻父亲采写“榜山风格”的足迹，我从资料上了解到，由于大旱，龙海县决定在榜山公社洋西大队附近堵江，提供水位，让江水通过九十九湾去灌溉下游万亩良田。洋西大队地势低洼，水位提高后他们的几百亩田地将泡在水中，但他们却顾全大局，依然服从上级决定。《漳州报》在抗旱之初责无旁贷地肩负起宣传报道的重任。父亲陈文和作为《漳州报》记者，有幸成为报道龙江风格第一人。他闻讯后立即去采访，被这种生动体现共产主义风格的事迹深深感动，以最快速度写出报道和评论，《漳州报》于 1963 年 4 月 7 日，头版头条、通栏、大字标题的形式刊发，报道了榜山公社《牺牲自己部分庄稼，保证广大地区不受旱，服从大局风格高尚》的新闻，并配发评论《丢卒保车，顾全大局》，热情歌颂榜山公社牺牲“小我”服从“大我”的崇高精神，赞扬他们这种“丢卒保车”的风格，充分表现无产阶级大公无私、以整体利益为重的共产主义精神。同时还以“榜山风格到处传”为题编成快板，刊发报头“黑板报”栏里，让各地黑板报广泛传抄转载……中共党史出版社出版的《龙江精神读本》，里头详细记载了相关内容；当年漳州报社副社长、主持工作的杨廷英在回忆录《过眼烟云》中“感人至深的龙江风格”一章，也有详细记录。

“榜山风格”也被人们称为“龙江风格”“龙江精神”。1993 年重提“龙江风格”，2001 年被列为漳州市委弘扬的五种精神之一。

## 最早用文学形式讴歌谷文昌精神

父亲最早用文学形式讴歌谷文昌精神，他写的报告文学《绿染银滩》，当时在全国引起了广泛的关注。早先看过这样的记载，却与它“未曾谋面”。有一次，在整理父亲的作品时意外“邂逅”，十分惊喜。往事幽香不再遥不可及。《绿染银滩》刊发在 1964 年 3 月 22 日《解放日报》“朝花”1784 期，父亲保存的是剪报。随即，我联系了解放日报社高级编辑、作家徐芳，她很快从内部网站搜索到电子版，只可惜下载不了版面图。

翻开福建日报社主办的《传媒天地》2006 年第 6 期，其中《传扬久远的心碑——谷文昌典型是怎样发现和传扬开来的？》一文这样写道："1964年初，谷文昌收到上海《解放日报》寄给他审阅的一张清样，这是《漳州报》记者陈文和十多天前的投稿。3月22日，陈文和的这篇4000多字的报告文学《绿染银滩》在《解放日报》上发表了，作品讴歌东山岛制伏风沙创举，刻画谷文昌在风沙线上呕心沥血，带领人民培植'英雄树'的感人情景……"

谷文昌同志是河南省林州市人。在抗日战争和解放战争时期，他为中华人民共和国的建立立下了卓越功勋；解放军南下时，他随大军自太行山南下，加入解放福建的战斗中，跟随强渡海峡的目舢板登上了东山岛；解放后，谷文昌服从组织安排，留在福建东山工作。1950年至1952年，谷文昌任东山城关区区委书记，县委组织部部长，不久提升为县长，1954年改任县委书记。

时间定格在1953年东山保卫战后。那时东山成了没有绿色、贫穷落后的荒岛。西北413座山，童山濯濯；东南部绵亘30多公里、3.5万亩，茫茫一片，尘沙蔽日，43个流动沙丘顺着风势向村舍紧逼……谷文昌带领东山县人民苦干10多年，终于把一座荒岛变成了宝岛。他用自己的言行赢得了老百姓的信任和敬仰。

父亲在报告文学《绿染银滩》里，塑造了谷文昌为民造福的先进典型。文中有这样的描述："这叫'流动沙丘'，过去会到处'跑'的，'跑'到哪里，就把灾难降临到哪里。""也是在这个时候，中共东山县委谷书记亲自到风沙线来了……治沙，就像打仗，不能单凭勇敢，前两个回合，你们还是'头痛医头，脚痛医脚'……""谷书记笑着说：'我给你们带了个帮手来，你们看'""谷书记说道：'帮手'是县里一个林业干部。他说：'要真正治住风沙，根本的办法是造林绿化！'""一连串的脚印，从西坡踏到东坡，从这一行树又到那一行树。突然，谷书记在两棵小树面前站下了。他的两只大脚，久久地停留在这两棵小树前……这两棵树叫'木麻黄'。谷书记极其珍视这个看来还很微小的收获。他说：'你们别小看这两棵小树，有两棵，就会有千棵、万棵、千万棵！’”“两棵木麻黄，是最初点燃在沙滩上的两点绿色火焰，是春天的最初使者。你看它呀，不正是傲视着黄雾弥漫的风沙天？”……

阅读父亲写的报告文学，感受到了报告文学“报告”典型的魅力。报告文学是运用文学艺术形式，及时地反映现实生活中具有典型意义的、真人真事的一种文学体裁，“报告”人物最注重的是选好典型。记得我刚刚走进新闻队伍，父亲告诫我：“新闻要有助于这个世界变得更加美好，记者的笔触要紧扣时代脉搏，善于捕捉先进典型。”

有专家看了父亲写的《绿染银滩》后说道：“采访那么扎实，写得那么细致，现在发都不过时。”

每个时代都有不同的时代特征与时代精神，而每一个典型无不都是这些特征与精神最忠实的体现者与承载者。谷文昌精神发源于漳州，历久弥新。2015 年 1 月 29 日《闽南日报》专题版面，刊发了《谷文昌精神宣传大事记》：

1962 年、1963 年：《漳州报》(《闽南日报》前身)、《福建日报》和新华社经常对谷文昌及东山的英勇业绩做突出报道。

1964 年 3 月 22 日：《解放日报》刊发《漳州报》记者撰写的 4000 多字的报告文学《绿染银滩》。

1981 年 2 月 2 日：《福建日报》在头版位置，报道谷文昌去世消息《为东山人民造福的谷文昌同志去世》，主标题由时任省委书记项南亲自修改。

……

2014 年 2 月 18 日：中共漳州市委做出《关于进一步深入学习弘扬谷文昌精神的决定》，《闽南日报》于 24 日在头版位置全文刊发，并发表社论《弘扬谷文昌精神践行党的群众路线》。

……

作为漳州弘扬的五种精神之一，社会各界对这一典型的宣传一直延续不断，人们通过新闻报道、资料图片、电视剧照；通过诗歌、散文、报告文学等文学形式，相互传承接力，使一种呼唤谷文昌精神的激越之情，一直在传媒天空上回响。

# 当教师的日子

我所在的学校虽然没有出过名人和大家，但到底有些古旧的氛围，那灰色的砖墙和环着校园的蕉林让人感觉有些悠远。

许多学生是农村来的，在这个生活依然贫困的地方，上学本身就是一种奢侈，就意味着父母的艰难。有些学生正是踩着老父亲满脸的皱纹和母亲拮据的眼神走进我的课堂。常常暗暗替他们发愁。每天，我都是在一种最为朴素的激情下面对着他们充满稚气的脸。

这样的日子总是实在而又疲惫的。

上课的教室时常会有一些灰尘落下来，有时正好落在我身上或某个学生的头上，先是一惊，接着是满教室灿烂的笑。笑声在纷纷扬扬的灰尘中没有任何羁绊。

我也有发脾气的时候，多半是学生的偷懒和疏漏，也因他们学习的分心，这个时候总是满教室的寂然无声，我能听清自己呼吸的粗气和有些愤怒的语言。然而事后又有些于心不忍。问他们，他们却只是笑。说挨训的事早已忘了。

我的膝盖留着两个疤痕，那是在一次秋游中摔倒留下的痕迹，那时望着鲜血淋淋的双腿。竟失声痛哭。完全忘了面对的是一群还要为他们解惑的学生。可他们反倒一个个突然长大似的，每天轮流前来为我护理。

偶尔也会倚窗而立，晒着斜射进来的阳光发呆，直至渐渐觉出一身暖意。阳光斜射在墙壁上，一人高的地方清晰地刻下一条冷暖线。忽然发现窗前花坛已没了密密匝匝的小黄花，只剩下不堪负荷轻轻摇曳的沉绿，小黄花似乎开了很久，却又仿佛才开便谢了。不期然就有了一种时空的感慨：灯红酒绿的都市里。是否有人会想到我是在这样的场所，培育着将来或许是都市一员的人呢？他们将来走进都市后，是否也会时常想起曾经落在自己身上的那一把灰尘呢？

校园的宁静很符合我的禀性，时至今日，还时常想起的便是校园傍晚的那一份寂静，似乎除了校园，没有任何地方能让我拥有暮色一点一点降临时的那种安宁感。

# 书祭

小时候，人们总说我出身“书香门第”。当时并不明白这句话的意思，只知家里的确有很多很多的书，除了书橱，几乎能装东西的木箱、纸箱都有一摞一摞的书，而书总散发一股浅浅淡淡、不明不白的幽香。拥有这许多书，家总显得殷殷实实，温温馨馨的。

后来，这一切都被改变了。

客厅、卧室一片狼藉，到处都是被撕碎的书和纸，堆在厅旁的两只装书的大箱子也不见了。看着妈妈蓬乱的头发，爸爸那一片迷茫的眼神，我心中充满了恐惧和陌生。当妈妈像往日一样把我搂到怀里时，我感到妈妈的肩膀变得冰凉冰凉的。

为着书，爸爸、妈妈吵了几回闷架。妈妈要我们帮着把书放到水桶里，然后一桶一桶地吊到阁楼上藏起来。而爸爸或许怕书又给自己带来什么灾难，等妈妈一上班，又要我们帮着把书用水桶吊到阁楼下，打算卖到废品收购站去，但不知怎么老没成功。这样一上一下，一连好几回，妈妈的头发更加蓬乱了，爸爸的眼神由迷茫变为凄凉。

后来，爸、妈用三轮车一趟一趟地把书载走了——这一回，没叫我们帮忙。书终于没能被保藏起来。望着他们晃晃悠悠的背影，我模模糊糊地觉得像失去了什么。我哥当时恐怕只有十一二岁吧，他跟在三轮车后面，为着拾起晃落到地上的书。他把捡得的书捧回家藏在自己装鞋的纸箱里。没有了殷殷实实的书，家一下子就变得空空落落的，也失去了往日熟识的温馨。

过了好些年，街上开始出现书摊，旧书摊、新书摊都有，又掀起了读书的热潮。这时，爸爸所在单位把部分书还给我爸，我哥也从箱子里搬出当年路上捡得的书，里头有非常精致、插页非常漂亮的《红楼梦》（只可惜已不全），还有杰克·伦敦的《热爱生命》等。我也从旧书摊惊喜地买到一本父亲1952年买的《通俗报刊与写作通俗化问题》，上面还有他阅读时的旁注呢。望着这些熟悉而又陌生的书，我不知道爸爸的感想如何，但我知道当年他处理那些书时一定心痛不已，我也知道他心灵的书架一定还摆满那些找不回来的书。

如今，家里有了“顶天立地”的书橱，我们便又在这充满温馨的书香里生活着。除了书，家里还添了副对联，那上面写着：“万卷藏书宜子弟，一蓑烟雨任平生”。

# 采访好人

这一年，经常参加大型的“走转改”采访活动，我给自己的采访只确定一个主题：写实身边好人。我在记忆中的一切角落，搜寻好人馈赠的爱与善意，常常想起他们的微笑，他们欣喜的表情，那是快乐的诠释。

给自己确定这样的一个主题，缘于一种感觉——好人快乐。“好人”是一种永恒的社会现象，应该关注，值得关注！

现代人的生活有一个共同的特点——不快乐。不切实际的追求使人丧失快乐；消极的思想使人不振作；以自我为中心的意识，使自己感到孤独……看到那么多的“不快乐”，往往感觉一片茫然。面对茫然，我突然觉得，保护、发掘人心向善的力量，就能够获得快乐的生活。这也是我下决心去采访那些生活艰辛却快乐的好人的原因。

很多年的习惯，被选择采访的对象，一般都是名人、明星、英雄，宣扬他们的事迹和成绩，容易写出洋洋洒洒好看的文章。而身边的这些好人，他们都曾历尽苦难，采访他们是为写出他们的艰难困苦，博得一些同情和关心？或者由此发掘人心向善的力量？这是我还没开始采访的时候，不能够回答的问题。

在一个春意融融的早晨，我采访了“残疾女义工”梁蓉。梁蓉背有些驼，走路较一般人要缓慢些，有点跛。与人交谈，和和气气，说着一口流利的普通话，条理清晰。如果不是外形泄露了秘密，没有人会想到她竟然是个综合性残疾病人。她有着令人痛惜的经历——出生仅几周便被确诊患有海绵状血管瘤，之后长时间的冰冻治疗，致左脚髌骨外脱，不久后又患上佝偻病……30多年来，梁蓉一直与病魔抗争。现在，她每天都会到附近的残疾人康复中心锻炼。本应该得到更多照顾的残疾人，却义无反顾地选择了帮助别人。在福建漳州长泰县文泉社区和附近的几个社区，不少人都认识这个与众不同的“残疾女义工”。见到她这天，如同许多个平常的日子一样，梁蓉小心地走着，一路来到社区里的28岁的残疾女子小申家中。小申行动不便，父母离异都不在身边。梁蓉温柔地询问小申今天想吃什么菜、有什么需要购买的物品，然后仔细记录，回到家中再告诉自己的母亲，由母亲顺便购买。买回后，梁蓉再将小申需要的物品整理好，每一样的价格标注在纸张上，再给小申送去。除此之外，梁蓉还经常陪孤单在家的小申聊天、玩游戏，一起做做家务。有时候趁着天气好，梁蓉还推着小申上街逛逛，让小申感受人群中的温暖。

林阿姨家住梁蓉楼下，对梁蓉更是赞不绝口：“我活了大半辈子，梁蓉这种人真的太少见太难得了！她自己就需要被照顾，却去帮助别人。”在林阿姨眼中，梁蓉是个“小助手”呢！林阿姨家中寄宿着10来个留守儿童，梁蓉经常主动去帮忙照顾小孩，陪小朋友一起学习，和他们一起玩耍。哪个小孩哭了，她赶紧哄；哪个小孩跌倒了，她赶紧扶；哪个小孩要上厕所，她赶紧带。真诚善良的梁蓉得到了小朋友的喜欢。林阿姨告诉记者，有一次梁蓉生病了，那些小朋友还自发组织去看望，你五毛我一块凑钱买了一些水果，一起涌进梁蓉家。林阿姨还介绍说，她多次想拿一些钱和礼物作为回报给梁蓉，但都被梁蓉婉言谢绝。

在家人、朋友的支持下，梁蓉当“义工”已经10多年，在“义工”路上不断前行。梁蓉如是说：“我自己本身是一个残疾人，也可以去帮助别人，特别开心。给别人带去帮助带去快乐的同时，自己感到特别快乐！”

我的心被震动了。我知道，我被她震动的不是她的疾病，而是她一颗炙热的乐于助人的心。林肯说：“人的快乐程度多半是自己决定的。”

点滴的善举，能帮助他人，自己心里就收获无上的快乐。

离开梁蓉的家，我才明白采访老百姓，写实身边好人，便会获得心灵洗礼。

在追求新奇、耀眼、时髦、物质的潮流中，人们不知不觉丢掉了平凡和朴实，也丢掉了快乐。其实，平凡和朴实，是生命之本、快乐之源。好人的生活，就是回归根本。采访邓水龙，我深深感受到这一点。

年近七旬的邓水龙，是一个平凡朴实的农民，10 多年守护敬老院，用单薄的身躯温暖着孤苦无依的老人们。在福建漳州长泰坂里小小的敬老院里，邓水龙兼备院长、炊事长、护理员、采购员等多重身份，揽下了院内所有小事杂事。为了配合院内孤寡老人早起的生活习惯，邓水龙每天 5 点准时起床，6 点准备好早餐；早餐过后，组织老人们做简单的户外运动；11 点和下午 5 点准备午饭和晚饭。由于经费有限，邓水龙在采购生活必需品时，总是不厌其烦地“货比三家”，不怕跑远路，不怕多问价，买些便宜又实用的东西。为改善生活，邓水龙把院里院外的空地整出来，划分几个区域，根据时令栽种蔬菜、地瓜，同时在院里圈养母鸡。老人们也都做一些力所能及的事情，享受田园乐趣。院里的老人们如同一家人，生活过得有滋有味、其乐融融。

我不由得肃然起敬，被他们的和睦与温暖深深感动了。而他们的和睦与温暖告诉我，人的需要最重要的是依靠、关爱。

并非只有轰轰烈烈的壮举才值得铭记，许多凡人小事都饱含人性中最温暖的善意。采访好人，我感受到了人间最珍贵的情感。

也许在你我的心灵之中，都拥有一个类似无线电台的东西，只要源源不断接收人类各种美好信息，你就会获得快乐。采访好人，我得到了很多。

# 小黄大师

有一道理想的彩虹始终在吸引着他，照耀着他，那就是他的画家梦。

——题记

当代著名画家黄启根先生就生活在我们身边，熟悉他的人亲切地叫他“小黄大师”。之所以称“小黄大师”，大概是因为作为画家，他有着很深的艺术造诣；也因为他心态年轻，善于接受新事物；另外，走起路来步子年轻人似的矫健、有力。这不，就在两个星期前，他走进了福建电视台新闻频道《八闽之子》。

《八闽之子》是福建电视媒体唯一一档以闽籍杰出人物为主线的人物专访栏目。小黄大师能受关注其实并不奇怪，这缘于他从小的画家之梦。他一直做着画家梦，转眼半个世纪过去了，依然画得执着。

小黄大师的母亲年轻时候有一手刺绣功夫，画的刺绣图案也许就是他最早的美术启蒙了。年幼的他痴迷画画，在母亲的刺绣图案里画，在小小家屋的墙壁上画，在书本的空白处画……他不停地画，直到有一天，他开始有了想当“画家”的梦了。那是在小学三年级的时候，他的作品《打乒乓球》在漳州庆祝“六一”少儿美术比赛中荣获优秀奖，并在《福建日报》上发表了，这让他欣喜异常，他对自己说，一定好好努力，将来成为大画家。

小黄大师小小年纪就懂得为母亲分忧。大概小学三四年级吧，他曾和弟弟利用寒暑假在街头摆书摊，出租小人书即连环画。小人书有很多封面遗失了，有美术细胞的他，根据小人书的内容重新画上封面，涂上颜色。

文学大师林语堂曾说：“梦想无论怎样模糊，总潜伏在我们的心底，使我们的心境永远得不到宁静，直到这些梦想成为事实为止。”小黄大师一直没有放下手中的画笔。1969 年，他到长泰上山下乡，白天在地里干农活，一有空就拿出速写本画画；夜深人静，别人睡着了，煤油灯下的他悄悄地耕耘自己的园地。机会总是给有准备的人。1978 年，小黄大师考取浙江美术学院国画班，开始了崭新的生活。在那里，他得到名师前辈的指导，更坚定了他的画家梦。为激励自己，他常常在本子上写格言，诸如“曲不离口，拳不离手，熟能生巧”之类，勤学苦练。毕业后他在文化馆工作。1985 年，他调到闽南日报社，开始美术编辑生涯。他说自己很幸运，因为所从事的工作总是和他酷爱的画画联系在一起。

因为酷爱，所以勤奋。因为勤奋，他积淀了很深的功底和创作能力。浙派现代人物画开山祖李震坚老教授曾题词相勉：“黄启根水墨人物造型生动传神，笔墨厚重大气，泼辣锐利中求严谨更是老练……”

小黄大师擅长人物画，他的工笔人物画突破传统工笔人物画写实的腻、僵、呆板而显出形式新颖、形象生动、技巧丰富、意境深邃，从他的作品中可以看到生命的活力、自然的魅力以及来自画家内心的热情；写意人物画则是用一种心灵独白的方式，抒发他心中激情澎湃的诗兴，既继承了传统的“刚柔相济为法，柔中遇刚为上”这一阳刚阴柔的老庄哲理，又融合了西方现代绘画形式的元素。他有许多大作面世，成绩斐然，2006 年，全国权威专业杂志《美术界》曾以封面人物特别推介。去年“海峡两岸（漳州）花博会”期间，他创作的《花城无处不春风》是他的得意作品之一，“花海人潮”是这一幅画的灵魂，那温馨而笑意绽放的画面令人过目不忘。

作为画家，总要给这世界留下一些东西，小黄大师思考着，再也停不下手中的画笔。

## 连家船——美代子的心灵故乡

德国作家赫尔曼·黑塞曾经说过：“这世间有一种使我们一再惊奇而且使我们感到幸福的可能性：在最遥远、最陌生的地方发现一个地方，并对那些似乎极隐秘和最难接近的东西产生热爱。”

藤川美代子——一个日本姑娘就是这样，在异国他乡寻找到心灵的栖息地，九龙江边的连家船，让她魂牵梦萦。

两年前，美代子作为中国政府奖学金高级进修生，在厦门大学人文学院人类学与民族学系留学。在导师的指导下，确立了“连家船”这一博士论文课题，就这样她踏访了隔岸相望的漳州市龙海石码渔村。

连家船有着怎样的历史？渔民们如何在船上生活？这里的民俗风情如何？美代子带着无数的问号前来。从龙海九龙江边的锦江道拐进古老的解放东路，凤凰花树掩映下的避风港内，随意地停泊着几十条大大小小的渔船；远处的渔船打了个回转，又悠悠地融入天边的彩云之中。连家船带着一种永恒的苍凉呈现在眼前，这苍凉中蕴含着美代子想了解和进入的神秘。

连家船的历史至少可以上溯到3000年前。最早的水上人家是生活在水上、习水性、善舟楫的古闽越人，史料上称为“民”。清初实行“海禁”，使得许多“渔民”流离失所，或改途从事其他职业。这以后，陆上农民甚至官宦之后因贫困等原因下海捕鱼，加入连家船行列。漳州连家船分布于九龙江及其支流，包括龙海、南靖、华安等地，其中龙海连家船很有代表性。连家船从远古走来，又向远方驶去，默默地养育一方山水、一方人文。

初到渔村，美代子被安排住在老渔民活动中心楼上一个房间，房间恰好对着渔港，一打开窗户，就能望见早出晚归的连家渔船。就要开始一段渔村生活了，美代子有着莫名的兴奋，同时又有点忐忑不安。

美代子很快就投入到课题研究中。端午节，村里人带着水仙尊王、妈祖等"尪公"（神像）登上龙舟，在九龙江和渔港来回穿梭，举行赛龙舟，熙熙攘攘的人群中有美代子纤柔的身影；每月农历初一、十五祭拜"水面众兄弟"，祈求平安，有美代子好奇的目光；祭拜"土地公""地基主"神明，有美代子频频的询问……哪里有"热闹"，美代子就出现在哪里。连家船渔民除了保留水上生活的习俗外，因为已开始融入陆上生活，还信仰陆上神明，美代子深深感受到传统的血液至今仍在渔民身上流淌。

连家人的家在船上，船就是连家人的家。连家船随风飘荡，逐鱼而居，这是潇洒与浪漫，还是充满着悲苦与辛酸？眺望在烟波里飘忽的船影，美代子非常想上连家船。有一天，她结识了一位60多岁的老渔民，请求他带她到船上去，老渔民非常爽快地答应了。渡口处，一江如坦途绵延千里，水光潋滟，蓦地，"扑喇喇"从草丛飞出几只白鹭，旋即停歇在远处水面。因为船离岸边还有一段距离，老渔民带着美代子乘坐筏子过去。正在涨潮，小筏子摇摇晃晃，美代子紧张极了，身子哆哆嗦嗦，紧紧抓住老渔民的手。白鹭飞掠间，美代子到了船上。老渔民和妻子热情地款待她，喝茶、吃糕点，美代子的心这才放松下来。邻船的渔民看见美代子，也赶紧把船靠过来，和她"拉呱"，讲述水上生活故事。老渔民没有女儿，特别喜欢美代子。从这以后，渔船一回港，老渔民就会叫美代子上船吃海鲜。美代子自己也说不清究竟是什么感情，觉得自己的心与这一"连家船"连在一起了。后来，美代子成为这对善良、质朴的老渔民夫妇的干女儿。"契老爸"（干爸）、"契老母"（干妈）也会带美代子出海。白天，抛锚、布网、捕捞、补网、卖鱼；晚上同"契老母"挤在狭窄的船舱里睡，美代子体验到了水上人家生产的风险、丰收的喜悦和生活的艰辛。在渔村生活一段时间以后，渔村的老老少少都认识了这位来自日本的姑娘。性格开朗的美代子居然学会了闽南话，每次路上遇见渔民，她都会主动用闽南话打招呼：“吃饱了没？”渔民们更喜欢她了。在这片异邦的土地上，美代子产生了一种身在故乡的感觉。

九龙江曾经有过多少连家船，谁也说不清。连家船已随着时代变迁而发生巨大变化，到本世纪初，绝大多数连家船已实现上岸定居，同时拥有两个家——陆地上的房屋和水上的渔船，只有少数人家习惯了水上生涯，以船为家。曾经是贫穷、漂泊、落后代名词的连家船已渐行渐远，也可能从此消失而成为历史，然而作为历史，它充满文化魅力。美代子拍摄了上万张渔村生活的照片，与两位作者合作撰写了《即将失去的船影》一书。而今，就要学成归国了，美代子带上她的研究成果，一并携带着对连家船深深的眷恋。

# 喜迎春

小时候父亲说过这么一则故事：一个诗人在春天的时候，梦见岁月的树上，花朵一样结满了鸟声，醒来时窗里窗外的天空却没有鸟的影子，于是悟出有的时候鸟、春天都是肉眼无法看见的，只是存在于人的心中。我似懂非懂，却开始有了春天、鸟、梦、岁月这些概念，并且可以从鸟声中联想到春天的来临。

有一回，老师要我用“春天”一词造句，我随手就写出：母亲是春天，而我是春天里一只快乐的小鸟。

的确，母亲是家里的春天。当时境况不好，父亲赋闲在家，或许是为了遮风避雨，窗口用块黑布严严实实地封住，这既挡住了外边的狗吠，同时也挡住了芬芳的阳光。母亲每天必须面对的都是些太实际的东西和太现实的问题，柴米油盐酱醋茶，她得精心计算如何用有限的薪水安排好一家人的吃穿；她得煞费苦心地变换菜肴的内容以免我们吃厌了胃口；她得为父亲的问题而到处坐冷板凳……母亲苦心经营一个舒适而又算体面的家。在经过漫漫长夜后的新年爆竹声中，精心剪出巴掌大的红色窗花糊在黑色的窗帘上，只为给家里增添一份喜气、一份祥和。正因为如此辛苦，如此忙碌，母亲的脸过早地有了皱纹，而我们还能保持原有的快乐的天性。母亲至今还记得我小时候说过的一句话：妈妈长得真漂亮，脸上横横竖竖很多。大约我把刚学来的笔画顺序给运用进去了。当时妈妈听了非常高兴，使劲在我脸上亲了一口说：“孩子，你能把春天给我带来！”其实，是母亲把笑和温暖带来的呀！只要妈妈在身边，世界仿佛都美好，花会开，风会吹，阳光会照耀。

在那样的年代，烟雨笼罩的家家户户，大都有风细柳斜的心事吧？母亲是我的春天，而母亲又是怎样地盼着她的孩子快快长大的？

时序总是有规律的吧？忽地，晴空里有了鸟声，先是轻轻的一声、两声，从湿润的空气里流出，渐渐地成音流般在凝脂似的天空滑落，仿佛一组美丽的滑音，带着很欢乐的意味。春天正绵绵密密地逼近。长大以后，理解了父亲曾经说过而又能记起的每一句话，春天原来是一种感觉啊！然而，我又想，自然界的春天同样是不可抗拒的。我所住的城市，春天俨然含有一份浓浓的秋韵，走在路上，满树枯叶飘零。不过，春天仿佛又是宽厚、勃动的，满树仍不断地爆出嫩芽，枯竭与嫩芽并列，特有情韵。而窗外的鸟声仿佛熟识，没了单纯醒目的清新，没了单纯无望的惆怅。我不由得感到，鸟声里的春天和春天里的鸟声都可随岁月而去，剩下的是人生的种种心情。

## 不老的年华

小时候，常常是这样的：每当把小孩能玩的都玩过一遍以后，就觉得无聊，在家里四处张望，最终目光停留在那只充满神秘感的抽屉上；稍一犹豫走过去，费力地一点一点拉开。此时，一股不知名的香味，渐渐地，很悠长地从那里飘散出来……把手伸进抽屉，将里面的东西一样一样地掏出来，摆在桌上，影集、笔记本、小纸盒……

打开小纸盒，眼前是五只老旧的银质纽扣，一只银手镯。那些小玩意儿似乎隐藏某种引人入胜的秘密。影集里有一张发黄的照片，端详许久，就觉得照片上的人正对着我微笑。终于得知，照片上的人是漂洋过海讨生活的外公，身旁小鸟依人的女子便是外婆，却怎么也不能相信他们曾真实地存在过；而带着他们体温的纽扣与手镯，不知曾演绎过怎样的故事?

许多年以后，小纸盒已交由我收藏，便觉得带着幽香的往事已不再遥不可及。闲暇时，便拿出来欣赏把玩，旋又放好。分明感觉依然被小时候那种熟悉的芳香包围，逐一凑在鼻子底下，刚刚还很诱人的气味已遥无踪影，正如我们的岁月我们的悲欢一样，总是在不经意中倏然而逝。

女儿也到了翻检抽屉的年龄，看上那条已珍藏了近半个世纪、大红色的四角围巾——那是父亲20世纪50年代送给母亲的结婚礼物，如今他们已离我们远去。对着镜子，女儿多嘴多舌地问这问那，我想，女儿是否也像当年的我一样嗅到了岁月的芬芳？她在想象别人故事的同时也演绎着自己的故事。岁月流逝，老旧的物品中所珍藏的年华却变得醇美，永不老去。

## 温暖

那时候我很小，可已能独自去离家有20分钟路程的地方去看望工作中的母亲了，母亲常引以为豪，但有一回，我竟迷路了。

那时已华灯初上，星星不觉一点一点亮起来了，街上的行人和车辆忙忙乱乱来回穿梭。不知是恐惧抑或羞涩，我没去问别人，只是试着从一个又一个方向去寻找回家的路。终没能成功，于是立在一棵古柏树下，任眼泪泉水一般哗哗涌出，但我没有出声，只是不停地用衣袖擦拭不断模糊的双眼。枯黄的叶子被风吹得落地翻滚。这时，一个骑自行车的女人从我身边经过，复又迟迟疑疑返回，她问道："怎么了小姑娘？"我顿觉小小的身躯被一团温柔的目光所笼罩，于是"哇"的一声哭出声来，告诉她我找不到自己家在哪！她用双手为我擦去眼睛上的泪珠，把我抱到自行车的后架上，轻轻一送，就送我到母亲身边，我破涕为笑，望着她消失在陌生的夜色里。

20多年过去了，我大概业已有那个女人的年龄了，但那温柔的目光和手掌柔软的温热仍萦绕于心。人一生不知要经历多少悲欢，但最能拨动你心弦的却可能是那一次次小小温暖轻柔的关怀。当我接受老师指导的时候；当我工作中遇到困难，同事送来温馨话语的时候；当我下班迟了，关心我的人送来面包的时候，我总有那么一种温暖的感觉。

人踉踉跄跄走完一生并不容易，但只要感觉到那一丝丝温暖的存在，走起来定会轻松得多。

# 惯迟作答盼书来

据说《秋水轩尺牍》与《雪鸿轩尺牍》并称为尺牍的模范。果然这书里的信写得辞采华茂是非常好看的文章。随便一点家常琐事，日常应酬，例如朋友丧母，他写个吊唁。朋友做寿，他写一封贺词；向人借东西，写张借条等，都写得具有感情色彩，喜怒哀乐，惟妙惟肖，读来韵味无穷。信本来是极为私人化又非常实用的文体，不像诗文等都是文人的精心之作，这种文体他都能随手写来，涉笔成趣，想来作者才华横溢。可惜作者生平已不可考，而从书信中我们可以看出他的怀才不遇，真为他叫屈。

写信和读信大概是我们生活中不可少的吧？以前我经常写信，对着信纸似乎就是对着你可以倾诉衷肠的朋友，写也写不完。书来信往，俨然燕山飞雪，不知为纸厂和邮局增加多少收入。

不知什么时候起，我已很少写信了。有时人家的信来了两三个月了，还以各种理由安慰自己，赖着不给人家回信，故我的信首出现频率最高的是这八个字“丛脞缠身，迟复为歉”。当然，我还是愿意读信的，只是真正倾诉衷肠的信已很少能够读到了，这当然很容易理解，写信是一种双向沟通，自己不写了，怎么能指望别人给自己写呢？

工作以后，免不了要与各色人物打交道，同声应者自当引为知己；同气相求者亦每每“以同怀视之”，拆阅信件的当儿因之心旷神怡，如沐春风，不啻是一种享受，乃至书函盈尺，才感到人情债难偿，难就难在每信必复，心力不逮，真不知得罪了多少认识的和不认识的友人。实在过意不去，乃于元旦、春节前夕，抱回一堆明信片“广为散发”，寥寥几笔，勾勒了一年的相思和歉意。

当然，现在朋友联系，更喜欢用电话，不管有多远，打一通电话过去，什么问题都解决了。或者交换看法什么的，有往有来，等于好几封信呢！省了许多时间，还能听到朋友的声音，有多亲切。对于社会生活的方便就常有所感。如果在秋水轩主人生活的那个年代就有电话呢？想象他坐在家里打电话，把自己的辞采诗思都倾诉在电话筒里，随着电波消失在空气中，不复存在，那我们现在不是就不能读到如此令人目迷的信？真正的友谊当然不仅仅只凭几封不咸不淡的信去维持，然而必要的书信沟通也是必不可少的，可能的时候多花点时间让人家明白你在欣赏他，重视他。为人之道难就难在时时处处都以诚相待……

# 云衣里的月牙

20岁那年，父亲为我能专心复习，参加高考，送我到一个县城去补习。出门在外，就不是在家的心境了，有着落没着落都是一样的，不免感到孤独，而那孤独里又隐匿着多情，萌生出许多浪漫的情愫来，正是这个时候，我情不自禁地爱上了一个男孩。

他是原班的一个同学，对他的才华、风趣早略有所闻，但从未和他直接交谈过。每次遇到，远远的心里仿佛有什么东西触动，没来由地一阵紧缩，不敢拿眼睛看他。这次在县城相遇，心里交织着意外、惊喜的感觉，“他乡遇故人”，心里多了一层亲近感。

记得有一天晚上，自习的人陆陆续续走了，一抬头，发现教室只剩下他和我，他还在那儿温课，窗外静悄悄的，唯一的声响是晚自习学生路过时断断续续的话语声。我曾经幻想过这样一个夜晚吗？静谧而安详，没有任何打扰——我和他共有的夜晚！这种时刻应该说点什么才好，然而我又不忍心用任何语言将这美好、沉静打破。我闭着眼，全身心沉浸在自己的冥想之中。突然他的声音响起，轻轻地说：“我们散步去！”我惊愕地望着他，回过神来走出教室，跟上他。那晚，偌大的校园很清静，月牙儿裹在云衣里，把半明半暗的光倾洒下来，与路灯的晕黄柔和的光线交织成宁静而恬适的氛围。在乍暖还寒的风中，我闻到一股很熟悉的气味，杧果花香，顿时觉得心中涌出一种难言的温情，我们就像久违的朋友一样亲热、和谐，谈理想、前途、人生，还为些不相关的话题谈笑，即便沉默也很耐心地甜甜地笑着，认为心中是有一份深深的默契的，任雾气打湿面颊，在操场上走了一圈又一圈。

那晚以后，我再找不到孤独但却很宁静的感觉了，它使我躁动不安，心神不宁，我常常把他的话、他的一举一动回味好一阵才能入睡。我开始怕和他待在一起了，对前程的忧虑，使我心里蒙上一层厚厚的阴影，我无法面对这份感情，于是变得冷漠了，开始装模作样与他划一条疆界，他也不肯随便突破这个疆界，原因在于，我同样被他认为美好。我常想，他是我此生不可再遇的过客，过去的乃是一份再也续不起来的缘，然而这短暂的相知相遇却长存于心。若干年后，我还有可能从杧果花香中，默默体验当年那种依恋别人又被人依恋的丝丝暖意。我想，人生的意义莫过于人生本身，享受人生的人们，该以感谢的心情接受它的全部内容，包括缘与无缘。这缘分不仅在于情感交流，还在于高尚的共同理想追求。

## 月朦胧鸟朦胧

老喜欢躺在床上看书，母亲见了总说："这样下去非近视不可，像邻居那个刘大伯。"

刘大伯天生近视，看东西时几乎整张脸都要贴上去，每天上午都见他读报，两只眼睛凑到报纸上，倒像在嗅报纸似的。因为近视，走路还有些不便，在只容一人走过的夹道里，他总是先给人让路——侧身贴在墙上，白发碰着墙壁，似还在微微点头致歉。邻居们大概从小被让惯了，无人见怪，而我却常为那挨着墙壁的白发、那月朦胧鸟朦胧的眼睛而不安，逢相遇，抢先让开。

虽然有了母亲的忠告，又有刘大伯的形象教育，却总执迷不悟。说，躺在床上，能使人心平气和，进入理解、记忆的最佳状态。记得读书美妙的最初体验，是在一个明媚的下午，躺在凉席上获得的。一口气读完了《志摩的诗》，特别是被那首《再别康桥》深深地打动了。里面描写了康桥优美的景色，给人一种温馨的意境。我仍能记得那个宁静的黄昏，晚霞将夏日西边的天空映得无比灿烂，而阳台上茉莉花的清香和暮色一齐掩盖了我的书，可我仍入迷而读。当然，我躺在床上看的多半是闲书，无知无识的书，不看也不会损失什么的书。

后来就患了近视。读大学时，女生少男生多、按女士优先的原则，女生坐在前三排，看黑板还勉强凑合。只是上大课时，学生自己选择位子，往往从后排开始就座，结果老发现自己孤零零地坐在前排，很尴尬，这样，说什么也坚持不下去了。于是，有一天嗫嚅地对母亲说，我得了近视。

母亲一点不吃惊，默默带我到商店配了眼镜。

配上眼镜，很不习惯，不好意思戴，再加上我的脸配了眼镜有点不伦不类，所以，只在上课看黑板时戴一会儿，下课就摘下放在一边。摘摘戴戴，我的视力便每况愈下。有一回，路上遇见人，远远地只看见模模糊糊一个人，直到擦肩而过时，才隐约看清是谁，于是忙不迭问好，但已晚了。这种情况，不知得罪、生分了多少人。

我是个爱美的人，直到现在也没戴眼镜在路上招摇。若结识了新朋友，道别时总没忘了说："眼睛近视，以后路上遇见，得先与我打招呼啊。"

很羡慕人家有一双澄澈的眼睛。美国电视剧《夜鹰热线》的主人公杰克基里向美国各地听众道了晚安，摘下耳机，抬起头来，我看到了他，一双不躲避的眼睛，静静注视着，仿佛可以看清一切，深蓝海水似的，你可以一直走进去，但是，你永远也走不到底。这是怎样的一双眼睛啊？

羡慕归羡慕，我仍旧习难改，闲暇时往床铺一躺，一册在手，勤勤勉勉的样子。至于看世界，只好用一双月朦胧鸟朦胧的眼睛了。

# 窗口

宿舍区楼与楼间隔近，开窗望去，只见到楼顶上的一线天，楼墙和墙上的砖，再就是对面楼上的窗口了。

对窗的窗帘非常透明，蝉翼般的仿佛一缕雾，弥漫整个视觉空间，微风一吹，给人一种若即若离的流动感。里面住着一位老人。每到黄昏，便有一支不知名的曲子从那儿缓缓飘出，仿佛潺潺的流水在奔流窗越，韵律有时委婉低沉，有时细密缠绵。每当这时，我便会伫立窗前，任流响抚触、浸漫，去品味人世间微妙的诗意存在，不再感到楼房的孤闭、寂寞。而喧闹一天以后懒散的阳光，似乎也因此在黄昏辉煌起来。

总猜想那窗口里面一定是个美丽温馨的世界。他是个教授？是个离退休的老干部？由于好奇心的驱使，总想去结识一下这位懂音乐的老者。一次又一次有了这样的念头，心一次一次又踅了回来。因为自己的羞怯，也因为那飘动的窗帘和紧闭的门。有一回在夹道相逢，我赶紧加快脚步，热情地与他寒暄——吃饱了吗？上街哇？他先是疑惑地望着我，后来似乎想说些什么，最后只点了个头。音乐始终是向人们敞开心灵的，使人心灵相近，却无法使人超越人与人之间那些有形无形的墙。

又是黄昏，依傍窗前，我确信，明天，明天阳光将照进我的窗口，也照进对面的窗子，一片温暖。还是喜欢那支曲子，尽管我知道它是给自己听的，而不是给别人听的。

## 看风景

嫂子生宝宝时赶到医院，看见年轻的护士小姐轻轻地推着一辆长长的推车，那里边躺着十几个正准备洗澡的婴儿。此刻，阳光从窗外射进来，柔柔和和地洒在这些刚出生几天，甚至才几个小时的小小生命的身上，他们正一起扯开喉咙哭，让人感到生命的一种蓬勃。我顿时觉得这是我所看到的最美丽的风景。

第一次把人当风景来看的似乎是诗人卞之琳，他的《断章》前两句耐人寻味：

你站在桥头看风景
看风景人在窗口看你

看风景，是中国诗歌的一大门类，叫山水诗，这名目一创立，却将看风景只限于山、于水之间了。到了李白的《独坐敬亭山》才有所突破：

众鸟高飞尽，
孤云独去闲。
相看两不厌，
唯有敬亭山。

这就是从人的看风景，推到风景也在看抒情主人公。到了辛稼轩，又将风景与人的这种默契、投合，发展到互相倾倒、咏叹的地步。《贺新郎》云：

我见青山多妩媚，
料青山见我应多变，
情与貌，
略相似。

看风景而发现风景即人，由此顿悟到一切现象无不可作风景看。风景，无须必是山、必是水，诸如人生百态，不也像黄山、泰山那样，都成了人们眼里的风景了吗？

# 串门

城市旧房改建速度真快，原是低矮破烂的平房，一转眼就成了高楼大厦。朋友大都陆陆续续搬进林立的住宅大楼。

新房子似乎都有很相似的门，大都是双道门。木门，木门外安上铁栅栏门。门上嵌着“猫眼”，门边装着电铃。“猫眼”仿佛就是房子的神经触须，对周围环境保持着警惕。门锁有双保险、三保险，还有一种带着很粗钢链的锁。有事没事，这门大多紧闭，有种幽深森严感。

有一回上朋友家。在一道铁门前驻足伸手按门铃，半天不应以为朋友不在，转身欲走，回头见门缝里透出一线灯光，复去按门铃，这一回，刚按一下，门便哗啦一下打开了，不期然给吓了一跳；显然主人已站在门边很久，隔铁门栏问：“你找谁？”刚说完找小蔡，只见主人一边说“这儿姓胡不姓蔡”一边“咣”将门使劲带上。我愣了好一会儿，心想，朋友明明住这儿嘛。借着路灯投射过来的昏暗的灯光查看通讯簿，原来自己走错了楼梯。

急急往下复又往上走，这一下该不会弄错了。于是按门铃，好一阵子里面没有动静，但感觉有人蹑手蹑脚地到了门边，正通过“猫眼”往外审视，复又按门铃，于是朋友开第一道门，再开第二道门，隔着铁栅栏门，我们开始寒暄，“啊，好久不见了”“是啊，专门看你来了”铁栅栏门咔啦咔啦地响，似乎还挺沉重的。

室内有点寂寥，仿佛久日空居的样子，但空气还是潮乎乎且暖人的，客厅里吊钟嘀嗒嘀嗒作响，平添了几分安宁，然而原本亲亲切切，从从容容的闲谈兴致再提不起来，也许是刚才受冷落、被审视在心中作怪，话总不能深谈下去，不一会儿便悻然告辞。

现代楼房使得串门变得没多少乐趣与生机，好在我们现在也没有很多时间用于探亲访友了。

# 雨缘

我的小学是在一座古庙里度过的。语文老师是一位高高瘦瘦的先生，大约受过很好的教育，古典的东西装了一肚子。每逢雨天，或许为排遣心中的寂寞，总是放下书本，边走边忘情地拖长音调为我们念起古诗来，脚上穿着一双塑料凉鞋，走路时脚后跟先着地，脚板心再拍下去，拍得地板好响。他绕着桌子转起圈来，绕一圈读一句诗，敲得地板啪嗒啪嗒响，绕了好几圈，诸如“天街小雨润如酥，草色遥看近却无”“君问归期未有期，巴山夜雨涨秋池”，念够了，一双眼睛望向窗外，好像望向很远很远的地方，全堂都肃静下来。我奇怪的是，他念的每一首诗里都少不了一个“雨”字，雨天不是很美吗？远山近地，雨线深深浅浅疏疏密密，就因那雨，我们的日子才显得那么轻柔，那么朦胧，那么在如醉的沉酣中带着点慵懒。

中学时生过一场病，一个人躺在床上，听雨在滴答，远离老师、远离同窗好友，心仿佛是雨网着的空寂的校园。这时，母亲匆匆赶回家来，手上还捧着好大的一把紫丁香，她一边把花插到尧宁玻璃瓶里，一边用微温的手抚摸我的额头。瓶里那细细碎碎的紫色花瓣，簇拥着细细碎碎的新叶，让人感到温暖与适意，而那细细碎碎的花香，至今仿佛都不曾散去。

大学时读的是汉语言文学，大约比较诗意，每逢雨天，晚自修后便悠悠地去逛街。雨不停地下，路上不时绽出一朵朵美丽的伞花，伞下飘出轻轻柔柔的絮语。这样的雨，若在白天，该为旷寂的操场织上一幅烟雨朦胧的画图了，而此刻却看不见雨丝，只有在与小路相接的路口，从树丛中透下斑斑驳驳的灯光中，才显出闪闪烁烁的水花。我这才真正体会戴望舒雨巷中的诗意。

我记不清什么时候与雨结了缘，不管怎么说，至今还喜欢雨，一场猛烈的暴雨、一场淅淅沥沥的小雨……

## 那个家

黄昏的时候，远处的爆竹很繁密地响过，他突然回过头来对我说:“该回家了。”我听了以后轻轻地回答:“我们这不是在家吗?”然后低头不语，心里明白，他指的是他母亲那里的那个家。

自从离家，自从靠打电话与家人联系，不论谁接了电话，通完话，他们总是说:“你先放电话。”父亲这样说，母亲这样说，姐姐也这样说……而他也常说:“还是你先放电话吧。”一段沉默之后，电话才挂断。电话一接通，仿佛就有一种不变的温暖和关注远远地传来。那个家很实在也很温暖。

然后回家。透过车窗，望见那条熟悉的河流，宽大的沙滩平静舒展的田畴，远处还传来爆竹有一下没一下的响声。他曾经告诉我，离他家不远处有一片长满野菊的山坡，落日的光屑细细地筛下来，在开满野菊的时候，你根本无法走开，那若有若无的花香诱着你，那时候你只想摘几朵静静的落花而眠。只是他后来再没提起。而我却莫名地把那一片细细碎碎的金黄和那个家联系在一起了，以至喜欢电影中这样的画面:低矮的绿叶间开满密匝匝的花朵，微风吹过，熙熙攘攘活跃起来，自自在在地飘浮着。

终于见到他望眼欲穿的母亲了。家是离开很久想回去的那个地方。他从来不曾这样归心似箭。下了车、越过万家灯火，便看见了窗口橘黄色的灯光，母亲的笑声从门缝里飞出来，如此熟悉又如此陌生，他三步并两步上了台阶。

堂屋里爆竹噼哩啪啦地作响，吃饭时，炉火将他母亲慈爱的脸映成一片红光我发现自己已恬然而语，或静静地沉默。这是和他家人共度的夜晚。

突然有点烦躁，想我那个家，那个每次回去，父母总要目送我直至没了身影的家，我希望能听到遥远的声音，于是，拿起听筒……

家是什么？家是一双充满温情的手，牵动你，也牵动了我。

# 送行

有这么一组电影镜头一直留在心里：主人翁动身去东北兵团，父亲从学习班归来，赶到火车站去送行。这时视线转向父亲，父亲站在人群的后面，正吃力地把沉甸甸的包裹举过头顶，趔趔趄趄地往火车这边移动。看不见父亲的脸，只能看见他戴着那顶灰得刺眼的凉帽，歪歪斜斜地晃过来，又歪歪斜斜地晃过去。列车启动了，人流呼啦啦往车窗上涌。父亲急切摘下凉帽，不顾一切地跑起来，大张着嘴在喊什么。车下的喊声响成一片，喊声被汹涌的声浪淹没了……于是，觉得火车站是个令人神伤的地方。总怕自己去为朋友送行。不是怕麻烦，而是怕送的过程难免的伤感。

几年前，第一次出远门，母亲去火车站为我送行。长长的列车静静地卧在铁轨上。到车上，放好行李。母亲说："还早，你先缓口气，擦擦额头上的汗。"过了一会儿，火车动了一下，我说："要开车了，我送你下去。"穿过满是人的车厢过道，走到月台上，母亲回头对我说："瞧这地上脏，你别下车了，去吧，别误了事。"我说："妈还是你先走吧。"母亲执拗地说："我看你上车。"我急了，一跺脚对母亲嚷道："你不走我就不上车了。"母亲只好掉头走向出口，这全是因为心怯，我就是害怕那种默默相对的离别场面，而火车站月台的气氛又太特别了。

前些日子朋友回省城，送她乘上夜间车后，掉头就走，没有久别重逢的感慨，好似她每日都这般来来去去，大概朋友要怪我心硬如铁了，送行竟不等到车开就走。其实我的心里却是充满离情别绪。朋友的交往虽然普普通通，但难得送见，又有一份默契，就有些说不出的留恋。

有个朋友曾告诉过我，出门时有人送行于自己是一种负担，并非无情，而是心软，很怕那种儿女情长的局面。大学毕业时送朋友回乡，竟就因为这么一种场合，朋友的目光又很恋恋不舍，便情不自禁地爱上那个男孩，后来经历了一段伤心的故事。她说火车站有足够的时间让你萌生出浪漫情愫，叫你一下子就丧失了现实感。时间和空间总是给人留下一种不完整、不调合的没有来由的悲伤。

也算得上是个常出门在外的人，朋友大都了解我的“脾气”，任我在那儿行色匆匆。只是在我心里，冥冥默默中飞舞的，该是怎样一种惆怅呢？

## 亮出你的色彩

美丽的衣裳似乎要穿在人身上，才能显示其光彩。

我一直很喜欢漂亮的衣裳，宽松随意的，潇洒大方的，只要色泽、质地可人，就忍不住想拥有。直到有一天检视自己满满的衣橱，才发现，这些美丽的衣裳我居然很少穿。于是惊异于自己的物欲泛滥而开始止于欣赏了。在街上穿行，让人耳目一新的服饰总会令我驻足长望，因为那种美丽既是刻意的，又都是不露痕迹的，不知不觉流露出女人特有的温柔。如果回家后还感觉无时无刻不在想它时，我才又折回去重新考虑是否购买回家，占为己有。

其实，自己所拥有的美丽衣裳很少穿在身上。并不是不适合自己，而是因为舍不得穿，总认为美丽的东西都是天性脆弱的，不经洗，担心折损了它原有的光彩。

不舍的心情本应留下许多美好的东西，可我现在却意识到因为不舍造成更多的浪费。读大学时，母亲生怕我在学校里生活跟不上别人，总是买质地好的衣料叫姐姐做给我穿，而我却总是舍不得穿而把它们搁置在衣柜里，只在比较特别的日子才穿一回。走上工作岗位以后，这些孩子气的、活泼浪漫款式的衣裳自然不再适合自己，于是只得把它们的美丽锁在衣柜里了。

有一天上朋友家，她正在把那些刚洗熨过的漂亮衣裳齐齐整整地放入衣橱，我就认为朋友跟自己是一样的舍不得穿。不料当我们约着上街时，她却穿上一身刚刚跑远路买回家的鲜亮衣裳，而且显得那么自信，那么容光焕发。跟她在一起心情不知不觉也美丽起来了。于是我恍然大悟：生活原本不必太讲究的，只要美丽的东西用在是处，便美丽无比；如不用它，再美丽也是枉然。

现在，我终于决定放弃那些个“不舍”，亮出那些漂亮衣裳的色彩，穿出自己独特的品位来了。

# 第四辑　慧语心灯

## 心细和公德

以前我家住在一幢公寓大楼里，电网改造前经常停电，摸黑上下楼的人多有不便，有时在狭窄的梯阶上还会发生失足摔跤的事情。心细的母亲总在停电后打开门，把应急灯挂在门口，让那微弱的灯光为上下楼的人们照亮一段路程。

现在回想起来，母亲的这种“心细”，实际上体现的正是一种公德意识。有道是，“于细微处见精神”。母亲很少把“学雷锋”“志愿者”之类的大道理挂在嘴边，她把应急灯挂在门口，只是为了让人好走路。那么，什么是公德？公德就是时刻想到他人和他人的存在。我的母亲默默地为“公德”做了具体行动。

公德未必全是危急时刻惊天动地的壮举，更多的时候，常常体现在日常生活中许许多多看似平淡琐碎的举动之中。例如，当你骑着摩托车穿过泥泞水凹地时，放慢速度，轻轻滑过水面，以免地上的水溅到行人；当你在病房里，放低音频，细声细语，免得影响病人的休息……这种细心是在不知不觉中流露出来的，它是一个人的修养达到一定程度的体现。很难想象，一个平常随心所欲、丝毫不顾及“他人和他人的存在”的人，能在“危难之时”显身手。

那些平常缺少“心细”的人，缺少的难道只是“心细”吗？

# 让文化“留乡”

农村对优秀图书的渴求日益迫切，从这个意义上说，文化下乡就像及时的甘露，滋润了久旱的农村。

据了解，农村的图书发行在很大程度上靠当地的供销社门市部部门销售。近年来，供销社经营方式大都由集体经营转为个人承包。由于经营图书是微利行业，不少个体承包者认为无利可图，或减少图书专柜，或干脆转营其他利润高的商品，售书点急剧萎缩。

毫无疑问，开拓文化图书市场，丰富农民文化生活离不开有关部门的扶持。近年来，各地根据中央要求，以科技下乡为重点，积极开展图书下乡、电影下乡、戏剧下乡、高雅艺术下乡活动，取得了明显成效。然而，目前农民又呼吁，文化不仅要“下乡”，而且要“留乡”。

眼下“文化下乡”大都靠的是行政手段，有的甚至不区别乡镇经济好坏，不看这个地区农民收入高低，一概给农民免费送书、送戏，只顾社会效益，不讲经济效益。其实，这样的“文化下乡”活动是难以长期坚持下去的。事实上，有一些农村已难觅“文化下乡”的踪迹。因此，有人认为“文化下乡”也要做到社会效益与经济效益双丰收，这样，才可能使文化“留乡”。省农村图书发行先进个人蔡福东为“文化留乡”做出了积极的努力。作为平和县新华书店经理，他立足实际，结合乡情，成立了农村图书发行股，由专人负责，在各处开设“书籍夜市”，白天忙于农活的人可在晚上购书；此外，设置“流动书摊”，哪里需要书，就把书流动到哪里。农民群众需要什么书，也可向他们征订。这样既使书店取得了一定经济效益，又满足了农民对书的渴求。大溪镇急需《酸梅栽培技术》一书，蔡福东便当场与出版社联系，不几天，就把所需的书送到他们手里。

农民盼望科技兴农，渴望看到自己真正需要的好书，但愿出现更多的优秀农村图书发行人，让文化“留乡”。

# 迷信改变不了人生

前段时间听说，每当台风紧急警报后，便有一些果农跑去上香，祈求果树别遭台风摧残。

其实，这是少数一些果农中了迷信这个邪，以至干出荒唐的事。迷信这种东西，是与科学尖锐对立的，它使人们沉湎于荒诞的幻想，相信并不存在的天意，而放弃实实在在的努力。事实上，世界上一切成功都是建立在艰苦努力的基础之上的，个人的发财致富同样也是如此。把希望寄托在虚无缥缈的幻想上，那肯定是会落空的。在台风来临之际，做好抗灾准备，力争把损失降到最低程度，这才是应该做的事。

在科学技术日益发达的今天，还有这么一些人相信迷信，是十分可悲的，这与科普教育存在缺憾有关。综上所述，科普知识应该深入到社会各个层面。

迷信改变不了人生。要重视科普知识的普及，提倡科学精神。

## 为人所“不解”何妨

有人说，人最大的痛苦莫过于不被人理解。而我以为人生最可悲的莫过于被人所理解。因为，往往是那些不可理解的，才是真正的“你”。

有这么一则故事：苏东坡偶遇一隐者，问：“在你眼里我像什么？”答：“像一朵花。”东坡笑曰：“而你在我眼里像粪土。”哪知隐者正色道：“差矣，你我不是同一种境界，你的眼里只有粪土，而我眼里则尽是鲜花。”这说明关键在于人的境界各不相同，正所谓“乐其俗者赏其俗，知其雅者赏其雅”罢了。

生活中被人误解、歧解、曲解时，我们的反应便是急于去辩白，急于去解释，所做的每一件事都是试图挽救局势。我想，这大可不必，因为人们不可能这么快就宽宥你、理解你，这需要时间。越是解释，越是“剪不断，理还乱”。等待尘烟散尽，人们自会明白，在你眼前自会伸展一条清清楚楚的路。

为人所“不解”，在“不解”之中发现自己不可动摇的悟性，这悟性将帮助你获得自己想要取得的结果。人应善待自己，按照自己原有的能量并依着自己的天性去努力创造，只要按照自己原本的心愿去做事，只要自己认真做了，能做到什么程度又有何关系？为什么非得强求别人理解呢？

不被“理解”，有时不可避免地痛苦，而这痛苦之中，你应去发现其美的灵光，这灵光便是自我完善的欢乐，便是对自我完善的自赏。

# 第五辑　人间拾掇

# 绿道漫步骑行越来越“潮”

每年除夕，我都会回长泰婆家“围炉”。每次，“第二故乡”的新变化、新气息总让人耳目一新。

除夕下午，如期回到了婆家。远远望见邻居阿美老师骑着一辆崭新的越野自行车迎面而来。攀谈中，阿美老师说：“最近花了4000多元买了这辆心爱的自行车，骑着它在绿意无边的郊野转转，便会觉得绿意浸润心灵，心情因之舒展。现在骑行绿道是我的最爱。”

未进家门，先闻笑声……家人早已忙开了，边聊边准备年夜饭。提起绿道，小姑丈顿时来了兴致。小姑一家年前才搬到鹤亭园居住，绿道已通到他们住的小区附近。小姑丈打开手机，展示他漫步绿道时拍到的美景：绿道上的日出，绿道望出去的树木花草……脸上洋溢着欣喜。他说：“平常工作忙，也不知哪儿好玩，搬家以后，绿道就在附近，就常常会沿着绿道走走，吹一吹清新的风，感觉特别好。现在在绿道上锻炼成了一个习惯。”

长泰龙津溪绿道系统的建成，给长泰百姓带来一条休闲锻炼之道。结束一天忙碌的人们，沿着绿道徜徉，放松身心，沉思锻炼，回味生活……

龙津溪绿道系统起点于县城溪东大桥，终点于岩溪镇奎山大桥，总长约40公里。慢行道面层采用沥青混凝土，充分利用现有堤岸、土路基及机耕路，适度填高部分堤岸。以慢道系统为基础，将在龙津溪两岸设计出七个特色景点，形成“一江两岸、七星拱月”的景观。绿道建成投用后，将与长泰县城武安镇的龙津园、鹤亭园及龙津溪沿岸景观串联起来，形成一条低碳出行的“慢活”式旅游景观带，为长泰生态休闲游发展再造一大特色景点。目前，龙津溪绿道工程（一期）即右岸16公里慢道全线贯通。

大年初一上午，我前往绿道，体验了一把漫步其中的诗情与惬意。

在上蔡大学自然村，绿道上游人如织，有的迈着悠闲的步子，有的骑行其间，有的则坐在绿道旁聊天，还有三五个小孩在那里嬉戏……空气中弥漫着闲适幸福的气息。

上坂自然村村民林阿婆，今年70岁，她与同村72岁的好友陈阿婆，正沿着绿道前往岩溪镇，探望多年未见的亲戚。“以前节日喜欢宅在家里，今年家门口的绿道修好了，就想沿着绿道去亲戚家串门。”林阿婆一边走一边说。

家住县城的戴伟一家三口特意骑着自行车赶过来。他说：“早听说上蔡大学自然村生活环境的变化。这里有山、有水、有树，还有众多历史久远的建筑。孩子上初中了，带他过来看看，拓展视野。并且，沿着绿道，一边观赏春花，一边享受葱茏绿意，更能感受大自然的气息。”

自从长泰有了绿道，许多人早晨或黄昏就会到绿道健身，骑车和跑步，有朋友来家里玩，也会带朋友到绿道散步聊天。沿绿道出行的游客越来越多，绿道漫步骑行健身越来越潮。

骑车或漫步绿道的人们，其实也是绿道上的风情。而这样的风情将得到尽情演绎。据该县城乡规划建设局领导介绍，目前建设中的龙津溪绿道系统，只是长泰全县绿道系统建设的一小部分。规划中的全县绿道系统，将以龙津溪、马洋溪、银泰路等为主轴，建成由环县城、环龙津溪等干线组成的绿道系统，从而串联起沿线的各大景观景点，形成以连接城市乡村、融汇田园山水为特色卖点的清新型休闲景观带，打造成为展示长泰“田园风光、生态之城”的一大特色休闲旅游线路。到那个时候，市民和游客可骑着自行车，游遍长泰的各大景点景区，如慢客村、古山重景区等。

# 全域景区画卷徐徐展开

除夕下午，像往年一样，如期回到长泰婆家“围炉”。其间与家人聊天的话题，自然离不开“第二故乡”的新变化。而说到变化，小姑丈顿时有点激动，他由衷地说：“长泰的乡村近几年变化最大，可以说是‘华丽变身’。乡村不再像以往那样萧条、落寞，变得整洁美丽了。”小姑丈经常骑行，对乡村的变化了如指掌，有很直观的感受。

长泰乡村之所以能逐步实现华丽变身，得益于“900平方公里全域景区”建设的推进。长泰县是国家生态文明建设示范区、全国美丽乡村标准化建设试点县、休闲农业与乡村旅游示范县和全省宜居环境建设示范县、美丽乡村创建示范县，按照省市委、政府提出建设“900平方公里全域景区”“县域看长泰”等要求，抢机遇、抓当前、谋长远，全力建设城乡宜居环境。建设中，长泰县始终坚持科学规划全引领，将全县作为一个大花园、大景区、大生态园、大文化园来整体经营；坚持环境整治全覆盖，力争“三年计划、两年完成”，达到“扫干净、摆整齐、保畅通”的标准；坚持工作推进全统筹；坚持标准建管全推广，村容整洁坚持房前屋后无垃圾、鸡鸭圈养无异味、河道沟渠无污水、道路两旁无丢弃“四无”标准；坚持项目运作全过程。全域景区建设的推进，使乡村到处充满生机。

大年初一，我前往岩溪、陈巷等乡镇，耳闻目睹了美丽乡村的新变化新景象。沿着笔直的乡村公路，记者来到岩溪镇珪后村。在珪后村部周边祖厝旧村改造点，只见10多栋3层新楼依次摆开，整洁美观。

珪后村部周边祖厝旧村改造项目总投资850万元，涉及征迁农户186户，预计统一规划建设的66套房屋今年10月底完工，小区的几条道路、2个公园等配套设施12月底完工。美丽乡村的美好图景，正一步一步地实现。

岩溪镇霞美村的村容村貌也发生了变化。走进这里，只见一条条水泥路干净整洁，错落有致的民居楼与田园风光相映衬，富有诗情画意。记者与正在自家门口悠闲吃早餐的村民林美玉攀谈。“几年前，门前这条通往外面的路大概只有几米宽，农用车进出很麻烦。现在道路拓宽了，还种上了行道树、装上了路灯，村里整洁漂亮了。”林美玉家屋后刚好是公园，她一边说一边引领我到屋后参观，“瞧，公园离得有多近！”她还指着屋后与公园相连的一小片地说，打算在那儿种种花、种种菜。霞美村美丽乡村建设有条不紊地进行着，而当地村民也自发进行美丽“对接”。

汽车在陈巷镇雪美洋乡村公路行驶，我不禁要赞叹了。道路两边行道树是清一色的香樟，绵延2公里，格外有气势。在雪美村村口路边，镶嵌的公园是雪美村公园。稍作停留，远远望见一片片油菜花在春光里摇曳，数十位村民沐浴在和煦的阳光下。已近中午，人们依旧三三两两，或散步，或聊天，或拍照，或在健身设施上锻炼。家住雪美村的韩丽萍女士，带着两个女儿正往公园走。几年前她从芗城区天宝镇嫁到雪美村。她说：“雪美村真的变化很大！以前带着小孩没地方玩，现在隔三岔五，就会带她们过来公园走走。”村民杨庆德，也载着大概两岁多的孙子过来了。他说，小孩一吵闹，他就载着他过来逛逛。雪美村公园呈现出一派热闹祥和的景象。

新春走长泰，感觉一村连一村，处处是美景。一路走来，像是在画中行走，不禁被长泰全域景区建设给乡村带来的变化而感动。这样的变化是前所未有、激动人心的。

# 见证绿色奇迹

9月的天，依然炎热。带着对林场的好奇和对林业人的一无所知，我们向着荣获2016年度“全国十佳林场”称号的将乐国有林场进发。将乐国有林场位于武夷山脉南麓，闽江支流金溪河畔，森林覆盖率达93.5%，林地绿化率96.9%。金溪河流域绿色生态屏障绵延了10公里，最惬意的莫过于置身于这绿意盎然的自然氧吧里，目光所及，一行行一片片的树，散发出青春的气息：有的蓓蕾鼓胀；有的发了嫩芽；有的在枝头织出了一片碧绿的云，这云把空气都染绿了。可不要认为这里的树色都是绿的，即使在这样的天气里，仔细瞧来，绿的成色还有些差异：淡绿、浅绿、灰绿、墨绿、油绿、葱绿、金绿……就是在美术大师的神笔下，也难于调匀、描齐、涂准这绿的层次，绿的布局，绿的新奇，绿的壮美，可在这绿色生态屏障里，却绿得这么自然、和谐、秀丽……

在过去的60年里，几代将乐林场人开垦林地10.8万亩，使林场活立木总蓄积量达114万立方米，建立37014亩国家木材战略储备林，成为国家战略储备示范林场及国家木材储备战略联盟单位。他们不仅创造了“荒山变林海”的奇迹，也使林场发展成为一个集自然保护、森林经营、生态旅游、教学实践于一体的综合性林场。在这阵阵松涛中，人们感受着凉爽清风，却很难想象刚组建时的情景。为了近距离了解林场，我们采访了林场退休老职工郭廷辉、离休干部吴尔康，他们见证了林场艰苦奋斗的创业历程。

## 第一代林区开发建设者的传奇

今年78岁的郭廷辉，是第一代林区开发建设者，住在林场“安居工程”。在林场工作人员沙沙的陪同下，我敲开了郭廷辉家的门。得知来意，夫妻俩喜形于色。因为会讲闽南话，彼此之间又多了一份亲切。一进门，只见70多平方米的房间，两室一厅，装修得简约时尚，家用电器一应俱全。眼前的郭廷辉个子不高，一点儿看不出已年近80。他的脸膛和山民们一样，粗风糙雨、烈日苦汗在脸上留下印记。也许正因为这些印记，才显示出他与普通人的经历不同。

回首往事，他津津乐道。眼前仿佛又浮现出当年在山上植树造林的场景，仿佛又回到了凿石为坑、翻山越岭采种的艰辛岁月。1958年，刚满18岁的郭廷辉从福建泉州惠安来到了将乐林场。来之前他对林场心怀期待。可没想到的是，报到的第一天，就大失所望了。记得报到时，已经是10月中旬了，知道那里冷，特意带上了最厚的棉衣棉裤。早晨天未亮就出发了，乘坐着火车，咣当了10多个小时到顺昌，再由顺昌颠簸2个多小时，终于在晚上10点左右到达将乐林场。一下车就傻眼了。林场一无所有，有的是山林野畦，几间牛棚茅屋，离最近的县城、乡镇，也要翻山越岭走上几十公里。

住更成问题。场领导把刚刚报到的120多人，安顿在仓库里、牛棚里、窝棚里、泥草房里住。为了解决住的问题，第二天，进行了分工，有的被分配去盖茅草屋，有的去开荒种树。

那时生活环境十分恶劣，最担心的是雨天。夏天外面下大雨，屋里就下小雨，经常要拿脸盆去接水。外面雨停了，屋里还在滴水。苦中作乐，卧听雨声——方方的、又细又长的雨脚，打在茅屋顶上、木棚上又跌落到泥地上，和着屋檐涌下的雨水纠缠出一片争先恐后的杂音；还有聚在树叶的雨滴时断时续的落地声，飘在覆盖屋顶的塑料桌布上不知所措的水声，以及积水顺着坡形路面簌簌挤入沟壑的跫音……那时的深山荒雨下在他的生命里了。

春天，黄昏前的雨蒙蒙得更像雾。轻轻沾在脸上，使人刚好能微微感到雨的存在。雨飘在野地，飘在起伏的山上和茅草屋顶、村边水湾，湿籁无声。阴暗的茅屋里又潮又冷，靠门的床腿边几棵红头白裙的蘑菇长得怪异、瘆人。冷灶里烧剩的丁柴的炭头也潮乎乎的，被子、床板、绳子上凉了几天的衣服摸起来总是水汽依稀……处处提醒你，这是初春，比冬天更冷——从骨髓往外冷的亚热带深山老林。

最难熬的还是冬天，嗷嗷叫的“白毛风”，吹到人身上刺骨地疼，一刮起来对面根本就看不到人，呼吸都很困难。最冷的时候，人们的脸、鼻子、耳朵、手和脚上都长了冻疮。晚上，劳作一天的人们回到营林区，在昏暗的煤油灯下匆忙吃口饭，赶紧合着棉衣倒头就睡。

那时人都很朴实，相处起来很轻松，后来大部分人都渐渐地喜欢上了这里。记得有一对新人，就在茅草屋里围起一角，结婚生子，生活虽苦，却也其乐融融。

最难忘的是采衫树种子的日子。将乐有许多野生树种，由于生长条件特殊，引种栽培的价值很大。为了寻找树龄长、胸径大的树，就要到深山老林去，翻山越岭，入谷过涧……而采种子的日子，必须是在霜降以后的10天，在果实开裂、种子飞散前采收，一年一度，必须要把握准时节。那时天气特别冷。在树上操作，脚冻得没有知觉，手也冻木了，根本张不开，只好每隔几分钟双手摩擦生热，暖和一会儿再接着采。只要稍不小心，就有从树上掉下来的危险。

回忆往事，郭廷辉感慨万千。

勤劳、淳朴的郭廷辉，在林场工作生活了60年。随着林场实现了经济发展的绿色转型升级，郭廷辉在这种转型中感受到了生活的变化：“牛棚茅屋早已成为记忆，2010年，林场建了‘安居工程’，我和绝大多数职工一样有了新房，不少职工还买了车。”

## 林场创建以造林绿化和保护改善生态为目的

吴尔康，1931年出生在贫苦农民家里，曾参加过游击队，游击队后改编为建瓯县独立营东峰区中队，立过战功。复员以后到将乐县黄潭伐木场当了一名伐木工人。1958年他在将溪伐木场工作，1961年调到洋布伐木场当业务生产管理员，那一年，全年生产任务只用了半年时间就完成了，同年被调到邓坊伐木场常口工区当主任。由于工作表现出色，1977年3月，被调到将乐国有林场当副场长、副书记、工会主席，直到1983年离休。从吴老的工作阅历可以看到，吴老一生大部分光阴都是在林场度过的。

从林场办公楼左拐，转过两个弯，就到了吴尔康家。三明三暗的瓦房，背靠青山，面朝金溪，不知名的树散落前后，门口的紫薇花开得正艳，几只白鹅，高昂着头在踱步觅食。吴老热情地把我们让进屋里，倒上水。过去的半个世纪，对于吴老先生来说，可谓“人生百味，无所不尝，艰难困苦，无所不经”。

提起当年许多往事，他记忆犹新。

“将乐国有林场与福建省属国有林场一样，一开始创建就是以造林绿化和保护改善生态为目的的。”吴老介绍说，“现有省属国有林场，大多建于20世纪50年代，由国家在高山远山、大江源头、水库、公路以及城市周边等生态环境十分脆弱的无林、少林及荒山集中连片地区投资创建。山绿林茂，丰富的生物多样性，对涵养水源、保持水土、净化空气、防灾减灾起着十分重要的作用。”

“那时的人们很淳朴，所以管理上不会有太大的困难，只是生活、工作条件都很差。”吴老讲述着过去耕山造林的事儿。吴老的妻子也是耕山队员。早上天还黑着就起床做饭，天露鱼肚白的时候就装上饭菜，带上米和生菜出门了。在工地吃过早饭，便开始清山，炼山，打带，植苗，铲山……“炼山”常会碰到马蜂窝，有些工人被马蜂蜇到，脸都肿起来了，他们用尿拌泥巴涂，继续干活。一块山地，三四年的造林抚育，就这样天天重复着。当时的工序，要求十分讲究，一切工作全凭自己的良心，分工划片，无论轻松、艰苦，谁都不会有怨言，树苗成活就是追求的目标，就是大家由衷的喜悦。

“三分造林，七分管护”，造林和管护是林场工人的工作内容。造林与管护，需要长年与大山相守，终日与山林做伴，孤独寂寞，枯燥乏味。“上班就是上山”，这是当时林场工人生活的真实写照。

当时的将乐国有林场，到处是荒山野岭，杂草丛生，连一条像样的路都没有。苗木靠人工运到山上，上山的路程，最近的要走 2 个小时，最远的要走上半天；林木采伐与裁制，依靠的是刀斧，一根根粗大坚实的木头砍倒、制好材，没有道路可直接用车运走，加上山地崎岖，只能用锄头镰刷锄开简易的羊肠小道，然后就靠手搬肩抬，将其小面积聚集起来，再用木轮羊角车将各地的木材归拢，聚集在金溪边上的空地里，最后采用赶羊流送的方法借助溪流的浮力和冲击力，漂浮运送出去。金溪江面比较宽，可是没有桥，在溪里架根大树就算桥了，林场工人要到对岸作业，有时只能游泳过去。

吴老那个时候虽是林场干部，但他与工人同吃住，共患难，干活走在前头，出工不拈轻怕重，收工走在后头。从家里到林场所属的明山、黄潭、万全、水南，每天都要走上二十几公里山路，无论天气多么恶劣，都不会改变。从到将乐国有林场上班那天起，吴老每天起早贪黑，披星戴月穿行于嵩山丛林，查找险情，及时处理。他说：“组织分配我到林场工作，林场出了事我要担责任的。”

场部没补贴，经常起早贪黑，翻山越岭，涉水过涧，在吴老眼里没有“休息”这个概念。“每天白天干活，晚上倒头大睡，那个年代，根本没有什么业余生活。”吴老回忆道。在 1960 年左右，一个月的工资大约只有 10—20 元，领导干部最多才 30 元。而且住的是很简陋的茅棚，晚上点的是煤油灯，所以，也有些人苦得受不了就跑回家种田去了。

吴老勤勤恳恳、踏踏实实工作，条件再差，也从未向组织要过待遇。看着身边的同事一个个升职调任，单位的职工一批批调离换岗，唯独他扎根深山，风雨不动。“比起那些牺牲的战友，我能活着工作就已经很幸福了，怎么还能麻烦组织呢？”我注视着吴老的眼睛，那仿佛一眼幽幽清泉，那样清碧，那样深邃。

## 林区人的骄傲与自豪

林区人，接触最多的便是树。走路，离不开树的队伍；吃饭，围绕着树的家族；睡觉，常有树林陪伴。一年四季都能听到树的欢呼。在将乐国有林场，几乎每一寸土地都绿意萦绕，漫山遍野的绿色充斥了整个空间，行走其间，犹如置身一幅山水国画之中：金溪河川流不息，苍茫林海郁郁葱葱，树荫下的老人们聊天乘凉，勤劳朴实的林业工人在林间作业……

“林场创建 60 年了，当年的小树都已经长成了参天大树；当年的荒原野岭已经变成百万亩林海……我们所有吃过的苦、受过的累、流过的汗水和泪水，都变成了快乐、骄傲和自豪！”郭廷辉由衷地说道。

“几代林场人艰苦奋斗换来的成绩，得到了世人的瞩目和认可，我倍感自豪。”吴老的声音低沉浑厚，激动得声音有点打战。

退休老职工郭廷辉、离休干部吴尔康这两位老人对林场充满深情，他们一直住在林场，心里感到十分踏实。他们经常做的最朴实、最平常的一件事，就是经常到林场办公楼门口前，去关注挂出来的光荣匾牌：“全国绿色小康村”“全国绿化模范单位”“全国森林康养基地试点单位”“国家储备林示范林场”“国家木材储备战略联盟理事单位”“全国十佳林场”……林场每获得一次荣誉，都会在他们的心里掀起一阵波澜。

令郭廷辉倍感欣慰的是，2010 年林场被批准为“省重点林木良种基地”。据介绍，林场在林木良种繁育、优新品种引进、科研推广试验和种质资源保护等方面成果丰硕，营建杉木三代种子园 682 亩、速生丰产林 3 万多亩和科技试验及示范林 4000 多亩，建成全省首个“杉木综合实验区”，现已发展成为福建省的“种苗繁育推广示范和科研试验基地”，年均繁育并可为社会提供优良种源的优质苗木 500 多万株，承担了福建省科技重大专项课题和国家农业科技成果转化资金项目等重大科技项目研究，对推动全市、全省林业发展起到了骨干示范与辐射作用……

而最让吴老兴奋的是，2016 年 12 月，将乐国有林场金溪森林公园获评首批全国森林康养基地试点建设单位。据了解，“第一批全国森林康养基地试点”是根据申报单位的区位代表性、自然条件优越性、设施条件完备性、建设推广积极性，现场考察和组织专家评审等流程，并通过打分和最后投票表决评选的。评选中，获“第一批全国森林康养基地试点建设单位”的 36 家单位，是从全国 21 个省、区、市的 114 家申请单位中遴选出来的。金溪森林公园山峦柔美、湖畔连池，白鹭悠游，是一处宜人的乡野游憩之所，涵盖面积近 180 公顷，其中水域面积就有 10 多公顷，由鹭鸣湾景区、明头山景区和白云山景区三部分组成，公园的整体地貌较为低缓，境内有 26 处景点，其中包括 10 处地文人文景观……

眼前的将乐国有林场充满生机和活力。回想当年跋山涉水，风餐露宿，历尽艰难困苦，他们可以无愧地说，把最宝贵的青春和热血献给了将乐国有林场的林业事业……所有的传承与沿革都不会随着时间而流逝，感知他们，了解了林场一段最难忘的历史。

# 充满期盼地生活着

在漳州这一块土地上，人们只要一谈起热线咨询台，总是要把它和铃子的名字联系在一起。作为热线负责人的铃子，她的真实名字叫林冰。通过热线电话，林冰用她的智慧、用她所学的丰富的心理学专业知识，为人们解开了一个又一个心理症结。熟悉她的人都说，林冰是一个善解人意、讨人喜欢又有真性情的年轻人。

事业可使女性的生活更加充满乐趣，也可使女性的生命更有意义。

1989年，林冰考上福建师范大学就读心理教育专业，她说之所以选择这个专业是想更好地了解人，了解自己。因此，学生时代，她就积极参加心理咨询工作，并加入省心理卫生协会。毕业以后，她回到漳州成为一名心理学教师，业余时间她又参加团区委和漳州师院联办的“青春热线”心理咨询、漳州心理协会主办的“心理倾诉”心理咨询。1995年，林冰与八达信息台联办“8168心灵立交桥”栏目并具体负责该栏目。这个栏目是语音信箱式的心理咨询，形式较为单一、呆板。1996年，在信息台的建议下，林冰开通了铃子心理咨询热线，配合、辅助“心灵立交桥”栏目。如今，这个热线已是漳州规模最大、业务量最高、管理最规范的心理咨询热线。

为了保证咨询热线能够沿着健康、正确的方向发展，作为负责人的林冰，对内她完善管理，提高主持人各方面素质；对外她要求全体咨询员树立良好的形象。铃子咨询台工作人员上岗前必须进行岗前心理咨询系统培训，合格后方能持证上岗。为保证咨询者谈话内容与身份的保密，采取封闭式管理，不允许工作人员与用户见面。工作人员必须对每个接话内容进行较为详尽的记录，作为资料保存。热线开办以来，逐步形成了“为您排忧解难，与您探讨人生百味”的服务宗旨，以热情、亲切、有礼、得体的服务态度，以健康向上的交谈主题，解答用户各种心理疑难，为用户提供了心理宣泄的空间，取得较好的社会效益。心理咨询是项累人的工作，然而林冰却乐此不疲。她说她很庆幸当初选择了自己喜欢的专业，使她日后能发挥她的专长，当她看到人们走出心理误区，成为一个身体、心灵、性格都健康的人，她就有一种成就感。从事心理咨询工作的人，如果他能走进不同的心灵，能体验不同的人生，就等于他在别人的生命里活了无数次。林冰正是这样一个人，所以在平淡的日子里，我想她也会激情荡漾。

家庭生活需要营造，夫妻彼此之间既要有特别好的关怀与交流，在精神上互相依恋，又要有相对独立的生活空间。

铃子热线咨询台为咨询者指明如何加强对外部事件的承受能力，保持心理健康的治疗方法与调适方式，使人们以健康成熟的心理去面对家庭、情侣、朋友、同事以及事业的成败，每天她们都会接到上百次咨询电话。

咨询电话很多是涉及婚姻家庭内容的。林冰曾说过这么两则故事：

蔡女士与石先生是在 5 年前相识的，由于当时年纪都较大，迫于家庭压力，彼此了解不深，便匆匆地走入婚姻殿堂。婚后不久，石先生就发现与妻子之间性格、志趣相去甚远，特别是石先生总觉得妻子的思维十分简单，与她总觉得无话可谈，而自己又是一个十分注重感情交流的人，于是提出了离婚。而蔡女士却始终认为石先生仅是一时的冲动才提出离婚，只要不离婚，她可以宽容丈夫所做的一切。

素素是个才貌双全的女孩，大学毕业不久就与同学郑琦结婚。刚毕业那阵子，两个人工作之余总是一起谈工作，谈人生，谈未来，日子虽苦却苦中有乐，素素的独特思维方式和妙语连珠总会令郑琦心动不已。婚后的素素对郑琦的感情越来越依赖，她像许多女性一样愿为丈夫家庭付出一切。后来，女儿出生了，素素就干脆不去上班。终于有一天，郑琦提出离婚，素素根本不相信这是真的，她百思不得其解。

她说，咨询热线不乏这样的故事。丈夫和孩子无疑是值得女人为之付出的，但并不是女人的全部。很多时候丈夫对妻子的失望不在于容貌的憔悴，而是妻子对自己价值的忽视。

女人把所有的精力都投入家庭，一旦家庭出现危机，她就会感到自己完了，因为她没有实力。

如果能真正地了解自己，能有智慧，做好自己能做的事，那么，幸福就在不远处。

林冰从事热线咨询工作，是因为这份工作能让她觉得愉快，让她能了解人，了解自己，发现自己。一个人没有理由不去做让自己愉快的事。她说她不是那种特别聪明的人，但凭着自己的执着一定能使自己开通的铃子热线向规范化、专业化发展，获得更高的知名度和美誉度。林冰在报刊杂志上发表过许许多多的有关心理咨询方面的文章，在不久的将来，她要把它收集成册，出版《铃子心理咨询手记》一书。热爱事业和热爱生活并不矛盾，生活需要点缀，需要色彩。闲暇时，她喜欢和朋友一起逛街，一起买衣服，一起去美容，一起去跳舞。她特别向往纯净的世界，有一回看她和一个 3 岁小孩嘀嘀咕咕了半个小时。

通过咨询电话，林冰为别人排忧解难，生活中，她也会有困惑的时候，当在工作中或在生活中遇到困难时，她也犹豫、彷徨、伤心流泪，然而她对未来却依然充满期盼，她期盼着有一双坚强有力的手，为她撑起一片灿烂的星空，期盼着……

# 丹霞尚满天

1997年9月9日，在第13个教师节到来之际，龙溪师范“丹霞书斋”正式落成，如今已藏书万卷，成为龙师精神文明建设的一个新窗口。

1998年1月8日，龙溪师范“丹霞奖教金”创立，每年可提供2万元作为奖教金。

1998年3月5日，龙溪师范“丹霞鹊桥”成立，无偿为青年教师穿针引线，巧搭鹊桥。

这三项工程的创立，在全市、全省乃至全国中师，都是一个创举。然而它们的发起和倡导者竟都是同一人——原龙师副校长、特级教师陈宗厚。

去年，陈老师退休了，但在龙溪的校园里，人们依然可以看到他来去匆匆的身影，仍然可以看见他浓黑的双眉底下清亮而有神的双眼。他虽然不再负责学校的行政工作，但他仍然承担《福建中师》等几种刊物的主编工作。退休对他来说无疑是人生一个新的起点。

## 永远的“语文老师”

1937年，陈宗厚出生在龙海。1961年毕业于福建师范大学。1972年他从漳州一中调到龙溪师范学校。自此，在龙溪师范一待就是近30年。这期间，陈宗厚老师当过年段长、教研组长、教务主任、副校长，可无论职位发生怎样的变化，他总是深入教学第一线，他说自己“永远是一名普普通通的语文教师”。他孜孜不倦地追求中师语文教学的艺术境界，在教学过程中，他善于源源不断地引进时代活水，善于自然巧妙地融自己对人生、社会的哲思和顿悟于教学内容，从而把学生带进一个全新的思维空间。他上的课总是以“博、新、活、深”的教学风格而赢得学生的赞叹和广大同行的钦佩。有的同学说：“听陈老师的课简直就是一种艺术享受！”

长期以来对小学作文教学的观照与思考，使陈老师发现一个严峻的事实：农村小学作文教学质量普遍不高。他决心培养一大批小学作文教学骨干，以改变这一现状。1988 年，首届写作选修班正式开办了。此时，早已是副校长的他亲自从全校 1000 名学生中精心挑选语文尖子，编成一个班，亲自当班主任，亲自上课，亲自带学生走出校门体验生活。功夫不负有心人，在他的带领下，写作选修班的学生很快地提高了写作水平，出现了不少写作尖子。写作班办了三届。这些学生毕业以后，很多已成为县、市、省级教坛新秀。现在活跃在漳州文坛的一些青年作家，很多也都是从这儿起步的。

陈老师以他独特的教学风格和丰硕的教学成果赢得人们的瞩目，1994 年他被评为福建省语文特级教师；1997 年又获得全国首届曾宪樟教育基金会中等师范学校教师奖。

## 中师界的“陈老总”

陈宗厚是校园书刊编辑和文艺评论家。10 多年来，他总是白天当老师、当校长，晚上当作家、当主编。几年前，陈宗厚就被推到省中等师范教育研究会的领导位置上，任该理事会的副理事长，并担任了几种刊物的总编，中师界的同志尊称他为“陈老总”。他主持的《福建中师》学术刊物从原来的不定期发展为固定期数、固定页码、固定出版日期的季刊，为全省 4000 多位中师教师开辟了一块“希望的园地”。

陈老师善于用敏锐的眼光去洞察周围的事物，并悉心去扶植和发展。有一天，他到一个班级去听课，发现这个班级在墙上的学习园地上开辟了一个“知识卡片”专栏，每个同学每周要拿出一张卡片挂到上面去交流，这些资料内容短小精悍，丰富多彩，很受同学欢迎。他想：“何不让全校都来这样做？”继而又想如果全省中师各校也这样做，大家广采博览，这岂不是可以扩大学生的知识视野又培养学生重视知识积累的好习惯吗？他开始产生创办《师范生资料卡》的念头。1989年，在他的努力下，《师范生资料卡》创刊了，很快，它便以师范性、思想性、科学性、知识性、实用性、趣味性而深受欢迎。1993年此书由出版社正式出版并发行到省外一些兄弟师范学校。至今《师范生资料卡》已创刊10年，发行了360期，为广大中师读者提供了900余万字课外阅读参考资料，成为师范生的良师益友和知识宝库。原国家教委副主任邹时炎对这本书作了高度的评价：“宝贵资料卡，华夏属首家，编撰质量优，学子争相夸。”

此后，陈老师又在《师范生资料卡》的基础上创办主编了《师范生日志》。《师范生日志》集日历、资料、日志、审美、启迪五种功能于一体，每年365天，就是365条资料，365则日记，365条题花，365句名言。

1994年、1996年和1998年，陈宗厚老师曾3次倡导和组织了福建省中师生水仙花杯作文大赛以及赛后的作文评选，并在此基础上主编出版了《绿满八闽园丁园》《五彩梦》《新绿》，对加强我省中师生作文基本功训练，活跃师生业余习作活动，起了很大推动作用。

为提高中师生各方面素质，他又编辑出版了《课本剧话剧小品集萃》《校园美术资料荟萃》等。

他受教育部语文司司长孟吉平委托，1997年编辑出版了《小学生周记》。1998年又着手编辑《小学生教师必备知识丛书》，共36册，预计明年春可出版。

以一人之身而兼数种刊物主编，其事务之繁忙，工作量之大不难想象。可每次刊物从制订计划，设计栏目、采稿审稿、编排小样到出版发行，他不仅运筹帷幄、举重若轻，而且身先士卒，事必躬亲。

当他从书橱里拿出那一本本经他主编而出版发行的精美书籍刊物时，我不禁要感叹了。陈老师是一位具有崇高使命感、强烈事业心的中师教育工作者，他的远见卓识是常人所无法企及的。

陈老师还擅长文艺理论，多年来在省内外报刊杂志上发表了100多篇文艺评论、文艺随笔。1996年，他出版了18万字的专著《写作漫谈》，显示了他在写作理论领域令人瞩目的建树。1997年，他又精选自己多年来的专题讲座，出版了《教海泛舟》，为师范学校开设系列讲座提供了一个范例。

## 陈老总与“丹霞”事业

陈宗厚调入龙溪师范工作以后，便一直“驻守”在这个园丁的摇篮里。作为副校长他关心爱护龙师的莘莘学子，更关心长期安贫乐教、默默耕耘的龙师教师。为了解决学校图书短缺，师生读书学习、查阅资料难的问题，陈老师运用他的影响力筹集资金，并捐献平时所得稿酬购买3000册书籍和25套100座位的桌椅，创办了“丹霞书斋”。这个全省中师首家群众集资的图书馆占地面积220平方米，藏书万卷，配备了电脑管理和复印技术，设有118个雅座，免费供师生阅读。

为鼓励那些为师范教育作出贡献的龙师教师，陈老师首捐常年辛勤笔耕的稿酬5万元，再捐所获首届曾宪梓教育基金会中等师范学校教师奖奖金1万元，他所在编辑部相继捐14万元，最终筹资20万元，设立了“丹霞奖教基金会”。

作为副校长，陈老师无时无刻不把自己满腔的爱化作滴滴甘泉，滋润广大教师的心。青年教师在工作上把他当作可以信赖的领导，敢于向他展露思想；在生活上又把他当作可亲近的长辈，敢于向他吐露心声。作为青年教师的贴心人，他在退休以后，在龙师设立了一个“丹霞鹊桥婚介所”，为未婚青年教师穿针引线、巧搭鹊桥，解决青年教师的后顾之忧。多年来他已为校内外 25 对青年搭鹊桥，让他们喜结良缘。

龙溪师范的学员大都来自边远山区，常常有学生因家庭经济困难欲中途辍学，只要陈老师得知，就立即慷慨解囊。他曾及时挽留住一名将被贫穷拉出校园的山村女孩，让她安下心来学习；他曾在一个父亲突然病故的学生面临经济窘迫的痛苦和焦灼时伸出慈爱的手，直至她走上工作岗位；他曾慈父般用 4 年时间资助一位家境贫寒的龙师保送生读完师大本科学业并考上研究生……他认为帮助困难学生靠他一个人的力量是远远不够的，所以他一直有一个愿望，设立一个“丹霞助学基金”，帮助有困难的学生渡过难关，目前这笔基金已基本筹集到位。

老是自然规律，陈宗厚不留恋他的荣誉，他割舍不了的是他一生追求的事业和钟爱的中师校园。正如原省教委副主任马长冰赠给陈老师的条幅：“树木树人树德，乐山乐水乐业”所说的那样。就在他退休前夕，厦门英才学校欲以优厚待遇聘请他出任校长，可他谢绝了。他舍不得离开龙溪师范这所学校，他还有未尽的“丹霞”事业要完成。他决定在 2005 年前，再创办“丹霞敬老基金”，为龙师百年校庆献上一份厚礼。另外，在有生之年，争取为百对青年穿针引线，让他们喜结良缘。

## 菊残犹有傲霜枝

在芗城区文化街工人亭有一个不起眼的按摩所，按摩所的主人叫钟山菊，今年 28 岁。她像这个城市里的很多人一样，日出而作，日落而息，实实在在地生活着，但她的人生故事却比普通人多出几分沉重，因为，她是个盲人。

按摩所很简陋，也是她的家。一张老式办公桌，两张按摩床，一张木制长沙发椅，外加一些生活必需品，一切都收拾得井井有条，一尘不染。按摩所里最醒目的是桌上摆放的电话与一台 9 寸电视机，这看上去让人有点疑惑更有点心酸。钟山菊和她的丈夫党新生，就在这里，在黑暗中为别人也为自己医治伤痛。

钟山菊原名叫钟玮，1971 年出生在江西省丰城矿务局，父亲是个煤矿工人，母亲是个知青。7 岁时得了托髓壳即多发性硬发症，致双目失明。1978 年南昌市盲童学校第一次向社会公开招生，她很幸运地上了这所学校唯一的一个实践班，学习带调双拼盲文。在学校里，钟山菊聪明好学，积极向上，深得同学、老师的喜爱。10 岁那年，她的病情不断恶化，有一段时间双腿竟不能走路，是校长、老师背着她上教室。有一次生病，校长为守护她而引起脑积液、吐血。她说，我的人生启蒙简直是躺在老师怀里开始的。就在这所盲童学校，她学会了盲文读写。

1982 年，因为病重钟山菊只好退学了。退学以后，老师、同学还定期为她邮寄书本、作业。由于病情严重，又觉得是家里的累赘，她整日生活在极度痛苦之中，这时候，她想到了自杀，并且自杀好几次没能成功。老师、同学得知以后，纷纷写信劝慰、鼓励她，使她重新点燃了对生活的信念。她们邮寄了近 200 本盲文书籍，每本书上都写着“书山有路勤为径，学海无涯苦作舟。祝你成为中国的海伦·凯勒！”是书开阔了她的视野，给了她抵御疾病的能力。她总对自己说，我能站起来，我一定能站起来。后来她果真站起来了。她包下家里所有的家务，洗衣服、洗碗、拖地板。钟山菊说，虽然我眼睛看不见了，但我不是还可以听得到，说得出吗？她就这样慢慢地坚强起来了。

1986 年，钟山菊到江西省盲人按摩培训班学习。失去光明的人要想掌握一项技艺，往往要比常人多付出数倍的努力。为了锻炼臂力，她用手去打墙壁，砸沙袋。终于，她掌握了中医方面的有关知识，学会了按摩技术。也就在这个时候，钟山菊决定离开家乡，自立于社会。

1988 年，她受聘于湖南省长沙工人疗养院，一边为患者按摩治疗，一边提高自己的技术。她总想多学点东西，多学点本事，1992 年，她通过了美国海德里盲人函授学院的数门考试。1997 年，她到福州一个盲人按摩诊所工作，认识了在那里工作的党新生。党新生 2 岁时被父母遗弃，是在福利院长大的。由于同病相怜，又志同道合，她和党新生很快地结为连理，并随他到了漳州，他们决定在漳州开一家按摩诊所，服务社会，开始新的生活。

我们无法知道钟山菊为了能自立于这个世界所经历的艰难与辛苦，但我知道，如果没有对生活的认真，如果没有对生命的挚爱，她是无法做到的。当然，她也许没能做出什么轰轰烈烈的伟业来，但她认认真真地活着，善待自己的生命，这已经足够了。

钟山菊说，能靠自己双手养活自己，她对生活充满希望。

到漳州以后，她在按摩所里以她精湛的按摩医术，治愈了许多病患者。漳州福利院有一个叫党杰的男青年，已经 19 岁了还不会说话，但有发音功能，一侧肢体残疾，手握着张不开，脚站不稳。经过 3 个月的按摩治疗，已学会简单对话，会料理自己的生活，洗碗、洗衣服、打电话。龙海市一个老太太，患内风湿关节炎、糖尿病、脑血栓，大、小便不通，处于半瘫痪状态，前后经过三个阶段的按摩治疗，大便恢复到2至3天一次，也能让人搀扶着走路了。一个老干部心绞痛、胸闷、心脏搏律异常、睡眠不好，经过1个月的按摩治疗，心绞痛消失，心脏供血得到改善，睡眠恢复正常……

由于她的精湛技艺，也由于她的善良，她得到社会各界的关爱。去年6月，钟山菊旧病复发，住院期间，漳州市委、市政府有关领导都前来慰问，市委常委、组织部长张绳华让人为她定期送水果、蔬菜；原电信局局长杨锦炎也送给她2000元；96315的同志帮她从甘肃邮购到治病所需的印度檀香。平日里，邻居刘阿婆每天都帮她清理门口的垃圾，时常帮她晾晒衣服；有个踩三轮车的小伙子，经常往返送她到残疾人活动中心去学习电脑。

20多年的人生历程无法湮没她对往事的追忆。钟山菊小时候最喜欢看天上一眨一眨的星星，有一次随母亲看电影回来，只顾仰望夜空，扑通一声掉水田里了。她喜欢晚霞，直到现在，每到黄昏五六点光景，她还能想象得出天边如血一样的晚霞。

钟山菊最喜欢的花是栀子花，还有密密匝匝的山菊花。爱栀子花是因为它的洁白与芳香，而爱山菊花则是因为它的风格。她特别喜欢盲人函授刊物上刘丹写的一首诗《野菊花》："在深山幽谷/默默开着/顶着一个金黄色的希望/娇小是刚毅的凝缩/妩媚是执着的隐藏/无惧悠悠寂寞情/只愿奉献一抹甜淡的香。"她觉得自己就是一朵野山菊，后来干脆把自己的名字改为钟山菊。

目前，钟山菊有一个愿望，就是买一部语音电脑，上因特网。

命运虽然关闭了她阅读这个世界的窗户，但无法阻碍她的心灵与这个世界千丝万缕的联系，她的心灵世界依然有鲜花与碧草，依然有晚霞与星空，依然有善良与正直，依然有理想与追求。钟山菊的人生故事正是向人们诉说了生命的内涵与真谛。

# 放飞歌声

一场以庆祝“1999 国际老年人节”为主题，由漳州市老干部合唱团与厦门市老战士合唱团联袂演出的音乐演唱会在漳州引起轰动，整场演唱会高潮迭起，漳州老干部合唱团的女声小合唱《山楂树》，让人备感优美、动听；团长林振荣一曲饱含深情的《怀念战友》更是打动人心。无论是大合唱、小合唱，还是男、女二重唱、男高音独唱，都达到了相当高的水平。

此时，漳州市老干部合唱团团长林振荣不由得露出欣慰的笑容，他的心血、团员们的努力总算没有白费。

林振荣是原龙溪师范音乐教研组组长，全省师范音乐中心组副组长。1935 年出生在一个音乐世家。1952 年他从漳州二中考入龙溪师范艺术科，后留校工作。1956 年，他参加全国首届音乐周，受到中央领导的接见。1965 年，调到市文化局剧协从事方言电影工作，当时他所编导的《苦菜花》得到中央有关部门的嘉奖。1974 年，龙溪师范学校重新开设音乐班，林振荣便回校从事声乐、钢琴的教学工作。他对教书育人情有独钟，一生中最美丽的年华大部分都是在龙师度过的。他说，他总是想让学生学得好一点，让学生唱得动听一些，让学生有多一点的成绩。他这么说了，也这么做了。林振荣在教学过程中不断地探索教学方法，努力提高教学水平。1994 年，就在他临退休的那一年，他专程赶到北京，跟随国家级演员、中国声乐嗓音专家王宝璋学习林俊卿的“咽音练声理论”，学习如何正确把咽音用于艺术歌唱。学习时他在班上年龄最大，学得最勤，后来也学得最好。

学成归来后，林振荣惊奇地发现自己在演唱艺术方面有很大突破，自从学会用咽音练声后，自己的声音能很好地释放出来，以往不敢问津的一些高难度的中外艺术歌曲，现在都能唱得轻松自如。1998 年，他在厦门中华音视城为自己录制了 CD 音乐专辑，其中有《怀念战友》《祝酒歌》等 16 首。如果你们听了他的 CD 音乐专辑，一定会沉迷在那时而激越时而低缓的旋律里，感觉他的演唱简直达到了专业的水平。

林振荣是在近 60 岁时才真正掌握了声乐发声艺术的。他说，学习和掌握林俊卿的“咽音练声的八个步骤”，就能在最短的时间内提高发音能力，使嗓音永葆青春，使死嗓复活。他把他所学到的“咽音”演唱艺术教给了他的学生。漳州一中高三学生苏颖，学习一年多，后来在厦大艺术系音乐专业考试中得 91 分，在全市名列第一、全省名列第二。平和中学音乐教师李小男、李香梅夫妻俩，学习“咽音”后在全市“金叶杯”“兴业杯”等几次歌手赛中多次分别荣获一、二等奖。市国税局苏秀芳在全国行业系统歌手赛中获优秀奖。龙机厂党委副书记黄镇波嗓音嘶哑，学“咽音”后，声音亮了起来。

林振荣曾担任漳州市老年大学音乐班的教师，如何才能更好地发挥音乐班的作用呢？他萌生了成立合唱团的愿望。他认为漳州应该要有一个老人合唱团。合唱团的成立，将更好地丰富老年人的精神生活，使他们在合唱演唱中陶冶情操，感受音乐的魅力，使心灵在音乐声中得到升华。而自己又有这方面的专长，为自己喜欢的事业奉献余热，更能体现一个人的价值。于是，1998 年 5 月，就在他退休那一年，征求领导同意后，他便在老年大学音乐班的基础上，组成了一个老干部合唱团。合唱团以离退休干部为主体，吸收各界退休人士参加，目前已有 70 多人。这些人原来大多五音不全，林振荣用咽音练声方法进行训练，希望能在最短的时间内取得最好的效果。他说，合唱要讲究声音统一、协和，咬字要清晰。他们把每个星期三上午八点半到十点半定为正规的声音训练时间。团员们基础差，学得比较辛苦。比如排练《年轻的朋友来相会》从F调转G调，转调、变音难度比较大，但团员们一遍又一遍，不厌其烦。林秀兰因病住院治疗，可排练时间一到，她又坚持来参加。而演出前的排练，团员们更积极踊跃。何翠芳到上海旅游，一听说要演出排练，赶紧提前回来。排练时，团长林振荣经常要教唱，一边又要指挥，同时还要伴奏，辛苦得很；没有经费，团员们就自己交团费。原在市中医院工作，后来到香港成为企业家的郭惠玲女士，看到合唱团经费有困难，主动交团费4000元；演出时没有行头，他们就自备服装。他们图的是什么呢？老有所乐，老有所为。如今，逢年过节或重大活动，老干部合唱团都会被邀请去登场演唱。在漳州市庆祝改革开放20周年文艺演出中，他们献上一曲《国旗颂》。从《年轻的朋友来相会》开始，到《国旗颂》《五月的鲜花》《党啊，亲爱的妈妈》《走进新时代》，这一曲曲从团长林振荣心灵里流出来的歌，再回归到他的心灵，我想，他定会有一种慰藉的感觉，而在老干部合唱团的歌声里，我们也能从中品味到生活的芳香、创造的辉煌以及追忆时代的变迁，这或许也是老年人精神生活不可或缺的。团长林振荣打算在老干部合唱团过完暑假以后，对他们加强训练，参加全国举办的老年人合唱节。另外，举办一场别开生面的中外艺术歌曲演唱会，到部队，到大、中、小学校去演出。

## 让每个人每天都容光焕发

她——林丽玲，今年才32岁，可从事美容工作已有14年了。说话慢条斯理，办事有条不紊，给人印象至深。1987年，她在长泰县城开了家小有名气的美发屋，吸引了众多顾客；现在，她是长泰县丽玲美容美发摄影中心的总经理。由于她始终坚持“客户第一，信誉第一，服务第一”的宗旨，同时不忘用自己的双手为社会作一点贡献，受到社会的广泛好评。1989年至1996年连续8年被评为“漳州市先进个体劳动者”，多次被授予县和市“三八红旗手”光荣称号；1995年光荣当选为漳州市第十二届人大代表；1999年被评为长泰县经济领域“十佳创新青年”。

林丽玲出生在长泰县一个小山村，龙津江岸旖旎风光和村庄中的自然美景陶冶了她那颗爱美的心。在她经营美发屋的时候，对前来的每一位顾客，不管尊卑，不分老幼，她都一视同仁，一丝不苟，尽量做到尽善尽美。有时为了让顾客满意而归，手指都僵了。对于孤寡病人，她也会上门服务。有一天，长泰一个农民抱着试试看的心理打电话给丽玲，问她是否能上门服务，因为他的亲戚摔伤了双腿，无法走动，正在住院，而头发又长又乱使病人感觉更加难受。丽玲很快答应下来，随即带着理发工具到了那家医院。因为她的真诚，也因为她的善良，很快，她的名字便在长泰这个县城传开了。

随着社会和经济的发展，人们对美的追求和欣赏要求也越来越高。为了适应社会需要，1996年，林丽玲毅然关掉生意兴隆的美发屋，到厦门现代美容中心学习专业护肤，学会了专业皮肤护理，之后又到福州、上海、西安等地观摩学习，回长泰以后，她在人民路广荣大厦创办了丽玲美容美发中心，这在长泰尚属第一家。有一次，林丽玲为顾客进行发型设计、化妆，结果从精神到形象上彻底的改变使顾客感到吃惊，她希望能找一位摄影师为她拍照。这件事引起林丽玲的思考。为何不把顾客美的瞬间留下来呢？于是她萌生了拓宽业务的想法，1997年，她把美容美发中心改为美容美发摄影中心，为顾客提供一条龙服务。林丽玲说，顾客的需要，顾客的称心如意就是她经营的内容和服务方向。

林丽玲认为美容美发也是一种艺术，而涉足艺术的强者，总要一步一步地攀登高峰，她为此付出了许多心血。林丽玲钻研学习了大量的专业书籍，结合自己的实践，根据不同的脸型、发型、个性、气质，精心设计出一大批作品。有个脸型瘦长的年轻姑娘，前来做新娘妆，她希望自己的头发梳得高一些，以增加自己的高度，因为新郎长得高。丽玲先按顾客的要求为她梳理了一番，自然不尽人意。后来，丽玲按审美要求为她进行设计，将她的头发打薄、梳理盘于脑后，头饰上采用横线插花进行点缀，避免了脸部瘦长。化妆时在她的尖下巴打上阴影，脸腮处涂上亮粉，结果使她瘦长的脸变得圆润，终使这个姑娘光彩照人。这种外貌上的改变，使那位姑娘感到惊奇，她说，她发现自己竟也如此漂亮。林丽玲就是这样一边实践，一边学习，一边提高。功夫不负有心人，通过不断努力，她的技巧技能不断得到提高。之后，她参加福建省首届光彩杯发型化妆大赛荣获一等奖；获得福建省美容美发竞赛省级评委资格证书；在漳州市美容美发协会成立大会表演赛中获“技艺超群奖”，并当选为副会长；通过理论、技能考试及论文答辩，被国家劳动部确认为“高级美容技师”。

爱美之心，人皆有之。林丽玲为什么在美容美发上有这样执着的追求呢？她说，因为美的事物在人的心里唤起的感觉是明朗和喜悦的，她希望每个人每天都容光焕发地融进人流，充满自信地出入各种场合，去获得事业上的成功。

林丽玲在追求自己美容美发事业的道路上，深感今天的成就并非一个人努力的结果，因此，总是把自己在学习和实践中掌握的技艺向别人传授，创办美容美发中心 4 年，已带出了五六批学徒，共 60 多名，在她的精心传授下，学徒们学到了真本事，各自走上工作岗位。阿娇、阿芬双胞胎姐妹，原来有一定的理发基础，跟随她学了一段时间，很快掌握了美发技巧，如今在漳州开了一家美发屋，生意极为兴隆，逢年过节，姐妹俩从没忘掉给这位年轻师傅带来一声问候。

林丽玲对学徒要求十分严格。学徒很多来自农村，因此，一开始她就从提高她们自身的品位入手，加强自身修养，提高审美能力，以便从自身形象上赢得顾客的信赖。技术技巧上让学徒从基础打起，以实践为主，帮助她们解决实际操作中遇到的问题，并从理论上加以规范。她也经常不惜拿自己作为学徒们实践的道具。几年前看她还是一头长发，而今却变成干净利落、时有变化的短发。

丽玲同样没忘记用自己的双手为社会和他人多装扮一点美。过年过节，她都要组织中心所有工作人员，义务为五保户老人理发；每两个月组织一次到孤儿院为孩子理发。有时孤儿院孩子的头发长了，他们也会找上门来，丽玲同样让中心为他们提供免费服务。

# 风景这边独好

年纪大了，头发白了，孤独感也会越来越重。早起锻炼，买小菜，送孙子上学……动作虽然慢点，但这些日常琐事还是很快地就被打发过去了。在余下的空闲时间里，老人们干些什么呢？近年来，老人们的晚年生活日益丰富多彩，越来越多的单位有意识地为他们提供锻炼场地和施展才华的空间，唱歌、跳舞、练琴、挥墨，许多老年人也主动地追求充实的晚年生活。

漳州老年人教育发展较快。漳州市老年大学创建于 1986 年，迄今为止已结业的各科老年学员有 5263 人。全市各类老年大学（学校）876 所，初步形成了市、县、乡（镇）村、厂矿老年教育网络，在校学员人数达 58964 人，占全市老年人口的 12.39%，提前实现省定的老年人入学人数达到 8% 的目标。

老年大学是一所特殊的学校，它根据老年人的特点开设了文艺、体育、保健知识、实用技术等 15 门课程，有健康益寿型的老年卫生保健、按摩、太极拳（剑）、健身操（舞）；有修心养性型的书法、国画、摄影、文史、花卉、音乐；有实用技能型的烹调、编织、家电、电脑、英语、缝纫等，还成立了书法、国画、摄影、太极拳 4 个专业学会和合唱团、文艺队。学员们可根据自己的兴趣选择，入学前后不必考试，上课前个人自觉签到，但不点名，学校有学制，但不排斥学员完成学制后继续深入钻研，可以参加“学会”，读提高班。许多老年人在离退休后无所适从，时不时感到心里空荡荡的，饭吃不香，觉睡不甜，上老年大学以后，鬓发花白的老学员们在一起，学知识、学技能，感到生活充实。学员吴月珍说：“老年大学是老年人的乐园。”原市直机关党委副书记徐伍全，已78岁，春节期间领导慰问时问他有什么要求，他说他唯一的要求就是让他上老年大学，直到不能去为止。从学校创办至今，徐伍全一直在校就读，现在是老年大学摄影学会会员。

老年大学的办学宗旨是“老有所学，增长知识；老有所养，健康长寿；老有所乐，欢度晚年；老有所为，服务社会”，他们聘请热心老年教育事业，有名望的专家、学者、教师前来授课。学员通过学习，满足了精神需要，改善了身心素质。老同志进入老年大学，不仅有了新的生活，找到了新的追求，培养了良好的兴趣和爱好，还可以结识新朋友，重享集体友谊和欢乐，从而使家庭、亲朋之间的人际关系更为和谐。原市委宣传部副部长、离休干部卢守德，既是老年大学的常务副校长，也是老年大学的学员。1986年，他参加书画班学习，从基础打起，努力钻研国画画法，通过不断学习实践，技术技巧不断完善，而今，他特别擅长画竹、荷、梅，作品连年获奖。1998年，他的国画作品《最是虚心留劲节，久经风雨不知寒》被《中国当代老年书画家大辞典》收集；作品《高风亮节》在“爱我中华”中国书画艺术交流大展赛中获得金质奖章。他本人被韶山中国当代书画美术名人研究会接纳为中国当代书法美术名人研究会研究员。在交警直属大队工作的儿子卢辉闽，看着父亲挥毫弄墨，潜移默化，不知不觉也喜欢上国画，在父亲的指点下，卢辉闽国画作品竹也画得很有水平。如果你在哪个周末上他们家去，凑巧看见他们父子俩探讨技艺，那定是看到了一幅人间最温馨的画面了。

学员王颖，1992年施行乳腺切除根治术，当时她的子女都不在身边，是同学给了她生活的勇气，帮她渡过难关。同学张大姐带病把她送进医院，并帮她订好床位，联系手术。手术后半个月内，她连拿筷子的力气都没有了，大小便及翻身都需要人伺候，张大姐时常守候在床边，后来还扶她练习走路，三停二歇，直到她能独立行走为止。班长老戴在一次探视中，发现她的睡裤破了，立即回家赶制一条送来。其他同学也经常前来嘘寒问暖。王颖深深地感到，老年大学就好像是她温馨的家。现在王颖是老年大学书画学会会员，她的身影还时常在学校里面出现。

老年大学把众多的离退休老同志组织起来，在人们心目中树立追求进步，追求奉献，生命不息，战斗不止的光辉形象，他们把新学到的知识技能，为自我、家庭、社会服务。学员许惠莲，1990 年退休之后进入老年大学学习 6 门专业课，后专攻摄影。刚开始学摄影时，许惠莲是个从没摸过照相机的“门外汉”，用的是一台“傻瓜相机”。她上课时认真听讲，下课虚心请教，反复实践，后来拍摄的一幅作品《九龙江之秋》被学校评为“十佳作品”，从此便信心大增，学习更努力了。许惠莲后来买了一台机械照相机，配上变焦镜头，为了实践黑白片冲洗和暗房制作，将卧室当暗房，一连几天通宵达旦进行操作，为了实践多次曝光，她好几次半夜去补拍月亮。功夫不负有心人，她的作品《水仙花》《第二课堂》《童年》等几十幅摄影作品分别在全国、省、市刊物刊出；1995 年她加入了中国女摄影家协会。她在漳州市老年大学校庆 10 周年专刊《晚霞》上发表的散文《学员的心声》中写道：“老年大学是我们离退休老年人的乐园，它使我们焕发了‘第二青春’……学习新知识，掌握技能技巧，陶冶情操，自得其乐，为社会主义精神文明建设再做贡献。”1998 年，老年大学成立了老年合唱团，合唱团里有退休的医生、教师、工程师等老妈妈老伯伯，共计 70 人，他们每逢星期三上午相聚练唱，从五音不全到讲究韵律节奏，越唱越好。《年轻的朋友来相会》《党啊，亲爱的妈妈》《走进新时代》，这些歌曲使他们充满激情，仿佛年轻了 10 岁。排练时，团长林振荣经常要教唱，一边又要指挥，同时还要伴奏，辛苦得很，可他无怨无悔，精神很感人。团员林秀兰因颈椎病住院治疗，可排练时间一到，她又坚持参加。团员个个把合唱团当作一回事。当他们穿红戴绿，穿上统一演出服时，只闻得朗朗笑声，这笑声使您怎么也不会相信他们都是年已古稀、花甲的“老来春”。逢年过节或重大活动，市里都会邀请合唱团去登场演出。

“天意怜然草，人间重晚晴”，保持晚节，善待余生，是众人所望，尽职尽责，在落山前发光发热，尽显壮丽本色，更是一种崇高的境界。“老夫喜作黄昏颂，满目青山夕照明。”